ÉTUDE
MORALE ET LITTÉRAIRE
SUR LE
TÉLÉMAQUE

THÈSE FRANÇAISE
POUR LE DOCTORAT

Présentée à la Faculté des Lettres de Dijon

Par L. GENAY

Agrégé de l'Université, Professeur de Rhétorique au Lycée de Vesoul

PARIS

LIBRAIRIE HACHETTE ET Cie

79, BOULEVARD SAINT-GERMAIN, 79

1876

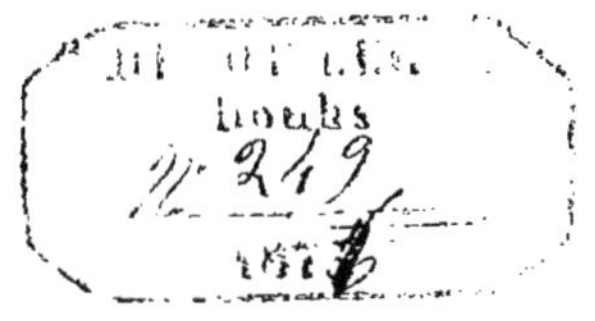

ÉTUDE

MORALE ET LITTÉRAIRE

SUR LE TÉLÉMAQUE

ÉTUDE

MORALE ET LITTÉRAIRE

SUR LE

TÉLÉMAQUE

THÈSE FRANÇAISE

POUR LE DOCTORAT

Présentée à la Faculté des Lettres de Dijon

Par L. GENAY

Agrégé de l'Université, Professeur de Rhétorique au Lycée de Vesoul

PARIS

LIBRAIRIE HACHETTE ET Cie

79, BOULEVARD SAINT-GERMAIN, 79

1876

ÉTUDE

MORALE ET LITTÉRAIRE

SUR LE TÉLÉMAQUE.

I.

De l'objet que s'est proposé Fénelon en composant le *Télémaque*. — Quelles œuvres, dans l'antiquité, rappellent l'œuvre de Fénelon, soit pour la forme, soit pour le fond? — Comment Fénelon a-t-il composé le *Télémaque?* — Circonstances dans lesquelles s'est produite sa première apparition. — Effet produit par sa publication à Versailles, en France, à l'étranger.

Fénelon, choisi par Louis XIV, sur la recommandation de Mme de Maintenon et du duc de Beauvilliers, pour précepteur du duc de Bourgogne, composa d'abord pour son élève, au temps où celui-ci expliquait Ésope, des fables toujours claires, coulantes et pleines d'élégance, qui avaient pour objet de rectifier les idées du jeune prince, de former son jugement, de lui donner des leçons de bonne foi, de fermeté, de justice, de modération, et d'attaquer les fausses maximes accréditées par l'habitude et par le préjugé. Au temps où le jeune prince traduisait Lucien, Fénelon écrivit des *Dialogues des morts*, où il passait en revue les principaux personnages qui avaient paru sur la scène du monde et où il fixait l'opinion sur leur mérite véritable, en les faisant parler comme s'ils eussent été dégagés des intérêts qui les avaient dominés pendant leur vie. Ce préceptorat fut encore l'occasion d'un autre ouvrage, destiné, comme le précédent, à former le duc de Bourgogne aux vertus qui font l'homme et le roi : *les Aventures de Télémaque,* où le fils d'Ulysse, parti, sous la conduite de Mentor, à la recherche de son père, court mille dangers, éprouve mille déceptions, commet bien des fautes, et, averti par l'expérience et les conseils de son guide, se corrige insensiblement pour devenir un modèle de vertu. Jeté par la tempête et le naufrage sur divers rivages, il voit des civilisations diverses, des monarchies, des républiques ; il en étudie les lois et les principes de gouvernement ; il remarque ce qu'elles ont de meilleur, pour l'appliquer plus tard à l'île d'Ithaque.

Voltaire compte parmi les productions d'un genre unique[1] les *Caractères* de La Bruyère, et dit qu'il n'y avait pas, chez les anciens, plus d'exemples d'un tel ouvrage que du *Télémaque.* Assertion exagérée, car La Bruyère lui-même a traduit du grec les *Caractères* de Théophraste, disciple d'Aristote. D'un autre côté, l'œuvre de Fénelon rappelle, soit pour la forme, soit pour le fond, plusieurs œuvres de l'antiquité. Et d'abord, la *Cyropédie* est un roman philosophique qui a pu servir, en quelque façon, de modèle au *Télémaque,* puisque les évènements y sont amenés et disposés de manière à devenir le texte de leçons que veut donner l'auteur. Cyrus profite presque toujours des circonstances pour faire une espèce de prédication sur la morale, sur la politique, ou sur l'art de la guerre. C'est un des ancêtres de Mentor.

Quand nous entendons Mentor discourir avec Télémaque et Idoménée sur les devoirs des rois envers eux-mêmes et envers leurs sujets, sur les lois et sur les maximes de gouvernement les plus propres à assurer le bonheur des Etats, nous songeons involontairement aux dialogues de Platon, à la *Politique,* à la *République* et aux *Lois.* Mentor, en effet, conseille quelquefois les mêmes règlements, les mêmes réformes que les interlocuteurs de Platon, comme la division de la population en classes, le partage des biens, la surveillance des arts par l'Etat, une forte éducation morale et physique pour les enfants. Fénelon admire et aime Platon ; bien plus, il entre dans son génie ; il en a les ravisse-

[1] *Siècle de Louis XIV,* p. 428.

ments, mais aussi le chimérique; il partage les sentiments du philosophe, quand celui-ci retranche de sa République tous les tons de musique, tous les mouvements de la tragédie, tous les récits de poème, et les endroits d'Homère même, qui ne tendent pas à imposer l'amour des bonnes lois[1].

L'ouvrage de Fénelon est un livre d'éducation morale et politique dans le cadre d'une épopée. Il a la forme de l'*Odyssée* et de l'*Enéide*. Là, comme dans les poèmes d'Homère et de Virgile, un héros, protégé par une divinité, désire ardemment arriver au terme d'un long et laborieux voyage, il ne l'atteint qu'au prix de souffrances infinies, dont il triomphe par le courage et la vertu En outre, si le *Télémaque* a pour but d'enseigner la morale, l'*Enéide* aussi montre aux Romains que leur origine est divine et que les dieux leur ont promis de longtemps l'empire du monde; elle les excite à soutenir la gloire de leur destinée; l'*Iliade* inspire aux Grecs l'amour de la gloire militaire et la crainte de la désunion; l'*Odyssée* renferme mille instructions morales pour le détail de la vie, puisqu'un héros, qui vient à bout de tout par sa sagesse, enseigne, dans ce poème, à la postérité, les fruits qu'il faut attendre de la piété, de la prudence et des bonnes mœurs. C'est ce qui a fait dire à Horace qu'Homère, mieux que Chrysippe et Crantor, montre aux hommes ce qui est beau, ou honteux, ou utile :

> ..... Quid sit pulchrum, quid turpe, quid utile, quid non,
> Planius et melius Chrysippo et Crantore dicit[2].

Fénelon, qui, grâce à un précepteur nourri des principes de la bonne littérature et habile à les faire goûter à son élève, avait acquis, dès le plus jeune âge, une connaissance approfondie des lettres grecques et latines, qui avait maintes fois lu et relu les modèles d'Athènes et de Rome, fut frappé de bonne heure de la beauté des poèmes homériques. L'*Odyssée* l'avait saisi, comme la Bible, Bossuet.

La Grèce ne semble-t-elle pas avoir été la patrie naturelle de son génie, quand, rêvant les missions du Levant, il exprime son

[1] Cf. *Dial. sur l'éloq.*, I; *Education des filles*, XII. — [2] *Epîtres*, I. 2, v. 4 et 5.

jeune enthousiasme pour cette merveilleuse contrée ? « Je me sens, écrit-il à l'évêque de Sarlat, son oncle, je me sens transporté dans ces beaux lieux et parmi ces ruines précieuses, pour y recueillir, avec les plus curieux monuments, l'esprit même de l'antiquité. Je cherche cet aréopage, où saint Paul annonça aux sages du monde le Dieu inconnu ; mais le profane vient après le sacré, et je ne dédaigne pas de descendre au Pirée, où Socrate fait le plan de sa République ; je monte au double sommet du Parnasse ; je cueille les lauriers de Delphes, et je goûte les délices de Tempé !... Quand est-ce que le sang des Turcs se mêlera à celui des Perses sur les plaines de Marathon, pour laisser la Grèce entière à la religion, à la philosophie et aux beaux-arts, qui la regardent comme leur patrie ?

> Arva, beata
> Petamus arva, divites et insulas[1]. »

Cette lettre, qui est de la jeunesse de Fénelon, n'indique-t-elle pas sa vocation précoce vers la Grèce ?

Ce qui le passionnait surtout pour l'étude des anciens, c'était « l'aimable simplicité du monde naissant[2], » dont ils reproduisent l'image, comme il le dit en des termes charmants qui font souvenir de ceux de Lucrèce :

> Ætas tum florida mundi[3].

Il contemplait avec joie l'heureuse « frugalité » des premiers hommes, et la mettait bien au-dessus du luxe de son époque : trahissant déjà ce coin chimérique du rêveur, à la poursuite de l'âge d'or. Les Grecs, ayant vécu plus près de ces temps naïfs, dont il souhaiterait le retour, il les lit de préférence, Homère surtout ; mais des épopées d'Homère, l'*Odyssée* lui plaît plus que l'*Iliade*. L'*Iliade* attache assurément davantage, elle parle moins à l'esprit qu'à l'imagination, qu'elle occupe sans cesse, qu'elle remue et entraîne par l'appareil des descriptions, par le bruit des querelles et des combats, par l'importance des personnages, par l'alternative des succès et des revers ; mais les exemples en sont

[1] Horace, *Epod.*, XI, v. 41, 42. — [2] *VIII*e *Lettre à Lamotte*. — [3] *Lucrèce*, V, 144.

moins moraux : il nous inspirent plutôt le courage de lutter contre les autres que celui de lutter contre nous-mêmes. Les tableaux simples, touchants et si moraux de l'*Odyssée* faisaient sur Fénelon plus d'impression que l'éclat et le fracas des catastrophes de l'*Iliade*.

Une strophe d'une ode[1] à l'abbé de Langeron, que lui dicta l'amitié pendant son séjour en Périgord (1681), et qui, comme les vers d'Horace à Septimius, fait éprouver une tristesse calme et douce voisine de la mélancolie, révèle déjà combien Fénelon était, dans sa jeunesse, sensible aux vertus d'Ulysse :

Des Grecs je vois le plus sage,
Jouet d'un indigne sort,
Tranquille dans son naufrage.
Et circonspect dans le port;
Vainqueur des vents en furie,
Pour sa sauvage patrie,
Bravant les flots, nuit et jour[2] !

Comment s'étonner que Fénelon eût pris l'idée de son roman dans l'*Odyssée*, surtout quand il eut remarqué que le duc de Bourgogne, en traduisant le poème d'Homère, se passionnait pour ce récit? Mais de tant de héros qu'Homère met en action, il choisit avec sagesse le plus sympathique à un jeune lecteur et le plus digne de son imitation. Achille, avec son emportement, sa colère, et son « naturel féroce[3], » n'eût point, à ses yeux, rempli le premier rôle sans danger pour le duc de Bourgogne, qui n'était lui-même que trop violent. N'eût-il pas excité dans son élève une admiration périlleuse pour un courage qui, bien que nous l'appelions héroïque, nous laisse nos faiblesses? Pour Ulysse et Énée, l'un, à titre de fondateur de ville, est d'une piété qui semble excessive; l'autre, trop artificieux. D'ailleurs, ce sont des rois déjà formés; son goût judicieux vit, dans *Télémaque*, fils d'un des plus illustres rois de la Grèce, le héros le plus digne, par sa piété filiale et ses autres vertus, d'intéresser le duc de Bourgogne.

[1] Cette ode a été imprimée dans l'édition du *Télémaque* donnée en 1717 par le chevalier de Ramsay.— [2] *Hist. de Fénelon*, liv. I, p. 63. — [3] *Xe Lettre à Lamotte*.

Avant d'écrire le *Télémaque,* il semble qu'il s'y fût préparé par la lecture des meilleurs ouvrages de l'antiquité classique, comme ceux d'Homère, de Platon, de Sophocle, dont il met si bien à profit l'*Hercule* furieux et le *Philoctète* dans son XIIe livre, de Xénophon, de Virgile et d'Horace; et en particulier, par la traduction des Ve, VIe, VIIe, VIIIe, IXe et X^e^ livres de l'*Odyssée,* que l'on trouva, après sa mort, dans ses manuscrits. Elle est loin d'être littérale. Quoiqu'elle n'ait ni toute la facilité, ni toute l'élégance de ses autres compositions, et qu'elle manque d'exactitude, on y trouve pourtant le goût du vrai et du naturel, elle reproduit exactement la simplicité des mœurs antiques et la naïveté des passions. Au fait, ce n'est guère que de nos jours que les textes grecs et latins ont été rendus avec une scrupuleuse fidélité, autant que cette fidélité est possible; car un écrivain, quel qu'il soit, perd toujours beaucoup à être traduit. Mais dans les traductions du dix-septième siècle, en général, domine l'à-peu près; la couleur, les images du texte original s'y effacent et disparaissent; elles habillent tout à la moderne, au goût du jour, sous couleur d'embellir, d'ennoblir les vieux auteurs; qui ne sait que celles de Perrot d'Ablancourt, estimées pour le style, méritèrent le nom de *belles infidèles?* Du reste, si les autres lettrés, au dix-huitième siècle, étaient des interprètes inexacts, Fénelon, lui, sentait la Grèce antique avec son imagination et son cœur. Sensible, comme il l'était, aux beautés les plus délicates des anciens, il les eût exactement traduits, s'il l'eût voulu faire. Pourquoi lui demanderions nous ce qu'il n'a pas eu l'intention de nous donner lui-même? Il ne s'est point posé en traducteur d'Homère. Ayant pris, dans l'*Odyssée,* l'idée du poème qu'il méditait pour son élève, il chercha seulement à acquérir l'esprit, le goût, les grâces et l'abondance du vieux poète. Il commença son travail sur l'*Odyssée* à partir du chant V, où Calypso, cédant à l'ordre de Mercure, permet à Ulysse de partir, et il suivit ce roi dans ses voyages, jusqu'à sa descente aux enfers. Ce fut donc avec l'inspiration et le souffle antiques qu'il aborda la composition du *Télémaque.*

Malgré bien des recherches et après bien des controverses, il n'est pas possible de déterminer l'époque précise où ce livre fut écrit ni la manière dont il fut composé. Après la disgrâce que Fénelon encourut, à l'occasion de la querelle du quiétisme et après la publication du *Télémaque*, dont nous indiquerons tout-à-l'heure les circonstances, il fit parvenir bien des lettres à ses amis, leur parlant avec une confiance et une liberté entières de ses intérêts les plus chers, et d'affaires générales et particulières, mais il n'y dit presque rien de son livre. Dans un *Mémoire* à ses amis, qui espéraient le faire rappeler à la cour, d'où Louis XIV l'avait relégué dans son diocèse de Cambrai, il les invite à cesser leurs démarches et à s'épargner des peines inutiles. « Je ne doute pas[1], dit-il, qu'outre l'affaire de mon livre condamné, on n'ait employé contre moi, dans l'esprit du roi, la politique du *Télémaque*, mais je dois souffrir et me taire. » Puis, après être entré dans quelques détails au sujet des *Maximes des saints*, il donne, sur le *Télémaque*, des renseignements d'un certain intérêt, mais d'où il ressort seulement qu'il l'écrivit dans un temps où il était charmé « des marques de confiance et de bonté » dont le roi le comblait. Quelques lignes d'une lettre latine de l'abbé de Chanterac au cardinal Gabrielli, et écrite sous les yeux de Fénelon, auraient pu nous éclairer sur la question qui nous occupe, mais ce document est incomplet. « J'ai encore à dire quelques mots du *Télémaque*. Le prélat avait autrefois écrit cet ouvrage sur le modèle de l'*Iliade* et de l'*Odyssée* ou de l'*Enéide*, au point qu'il ne semblait manquer au poème que le rhythme. Il l'avait fait, pour ainsi dire, en se jouant, afin de charmer les oreilles du royal enfant, et de le pénétrer insensiblement des principes les plus purs et les plus importants du gouvernement ; mais loin de nous la pensée qu'il eût voulu écrire une satire sous la forme d'un poème[2] ! »

Selon Voltaire, Fénelon ne fit cet ouvrage que lorsqu'il fut relégué dans son diocèse de Cambrai; mais l'hypothèse la plus vraisemblable est celle qui en rapporte la composition aux années 1693 et 1694, ou qui, tout au moins, ne la place pas après 1695.

[1] Au P. Le Tellier, 1710, lettre 212. — [2] Lettre écrite à propos d'un voyage du duc de Bourgogne à Cambrai, 1702. Voy. *Hist. de Fénelon*, l. IV, p. 193.

Fénelon en avait communiqué, avant cette dernière année, la première partie manuscrite à Bossuet, dans le temps où il lui montrait encore une confiance sans réserve. Après ce moment, la querelle du *pur amour* les brouilla. La seconde partie de l'ouvrage fut sans doute achevée avant 1697 ou 1698, car c'est à cette époque qu'ont lieu les longs démêlés de Fénelon et de Bossuet. Le moyen, alors, pour l'archevêque de Cambrai, de trouver encore des instants pour la composition du *Télémaque,* quand il lui fallait se défendre contre ses ennemis, et écrire, non-seulement des volumes pour son apologie, mais un nombre considérable de lettres, et qu'il remplissait, avec un zèle non interrompu, les fonctions diverses de son ministère? Et puis, il souffrait trop des malheurs de ses amis, pour chercher à se consoler dans ces images riantes de la paix, du bonheur et de l'innocence, que nous admirons si souvent dans le *Télémaque.*

Le chevalier écossais Ramsay, qui passa plusieurs années dans le palais de Fénelon pour conférer avec lui sur les vérités de la religion, affirme, dans sa *Biographie* de l'illustre prélat, que le *Télémaque* servit de sujets de thèmes au duc de Bourgogne. L'abbé Maury dit à son tour qu'il faisait traduire à son élève « cette heureuse fiction[1], » pour lui apprendre la langue des Romains. Assurément, Fénelon a pris dans cette œuvre des sujets de thèmes. Mais est-il croyable que, de la réunion de plusieurs thèmes, eût pu se former une œuvre d'une telle étendue, d'une telle continuité, d'une telle régularité, et écrite d'une verve si rapide! Une preuve que cette assertion n'a aucun fondement, c'est qu'il s'est conservé un recueil considérable de thèmes écrits de la main même de Fénelon et du duc de Bourgogne, et qu'aucun n'a rapport aux *Aventures de Télémaque.* Tout ce qu'il est possible d'admettre, c'est que l'auteur détacha, dans quelques circonstances, des pages de son livre pour offrir à son élève une leçon de mythologie, de morale, de politique. Il est même à présumer qu'il ne comptait le mettre entre les mains du duc de Bourgogne que lorsque celui-ci serait en âge d'éprouver et de connaître par lui-même les passions habituelles aux jeunes gens,

[1] Eloge de Fénélon.

et surtout celles des rois, et de comprendre les théories de Mentor sur le gouvernement. Un prêtre n'eût évidemment pas donné, comme le remarque Voltaire, pour premières leçons aux enfants de France les amours de Calypso et d'Eucharis, quoiqu'il eût corrigé cette peinture par celle de l'amour chaste et vertueux d'Antiope; pour cela, il eût attendu l'âge critique.

Exilé irrévocablement de la cour de Louis XIV, Fénelon ne songea sans doute plus à communiquer à son élève le *Télémaque*, mais il dut le garder et le cacher dans ses papiers, avec l'intention de le laisser un jour à sa famille, qui pourrait, quand le temps le comporterait, en hasarder la publication. Il ne le destinait pas, quant à lui, à l'impression. Chose étonnante! ce grand homme, malgré son génie, avait peu d'ambition littéraire; dans sa modestie, il ne se doutait point que ses *Fables*, ses *Dialogues*, et surtout son *Télémaque*, seraient un jour pour lui des titres à l'immortalité. Quelques copies de ses *Fables* et de ses *Dialogues* circulant à son insu dans le public, il ne daigna point en corriger les imperfections de détail. Il ne fit publier son *Traité de l'éducation des filles* que pour se rendre aux instances du duc de Beauvilliers, qui, émerveillé du bien que ce livre produisait dans sa famille, engagea vivement l'auteur à n'en pas priver la société. Il ne laissa imprimer le *Traité du ministère des pasteurs* que pour céder au vœu de ses amis.

Inutile de rappeler qu'un domestique indiscret vendit le manuscrit du *Télémaque* à la veuve Claude Barbin, imprimeur du palais. L'ouvrage encore incomplet parut, pour la première fois, en 1699, sous ce titre : « *Suite du* IVe *livre de l'Odyssée, ou les Aventures de Télémaque, fils d'Ulysse ;* à Paris, chez la veuve Claude Barbin, au palais, 1699, avec privilége du roi. » Ce privilége a lieu d'étonner; mais il avait sans doute été accordé au *Télémaque* comme à beaucoup d'autres livres qui ne blessaient point la religion. On imprimait la page 208, quand le roi, instruit que l'auteur était Fénelon, dont les *Maximes des saints* venaient d'être condamnées par le pape Innocent XII, et dont il faisait surveiller les écrits et les démarches, ordonna d'arrêter l'impression et de saisir les feuilles déjà tirées; il ne négligea rien pour anéantir un ouvrage qui devait contribuer à la gloire de son règne. Mais plusieurs exemplaires échappèrent à la vigilance des agents de Louis XIV, et furent lus avec avidité. Enfin, un libraire de La Haye, Adrien Moëtsens, acheta secrètement de la veuve Barbin, les feuilles manuscrites qui restaient à imprimer, et publia la totalité de l'ouvrage, dont le succès fut immense. Le *Télémaque* devait naturellement plaire au public par ses mérites littéraires, et par la nature de sa morale et de sa politique, également favorables aux rois et aux peuples. Les rois ne pouvaient, semble t-il, s'alarmer de doctrines qui leur laissaient la toute-puissance, et les invitaient seulement à se regarder comme les pères de leurs peuples. Les peuples, à leur tour, se flattaient de l'espoir qu'un ouvrage, inspiré par le désir de les rendre meilleurs et plus heureux, plaiderait à l'avenir leur cause près des souverains.

Mais ce qui excita davantage encore, à l'étranger surtout, l'enthousiasme du public pour le *Télémaque*, ce fut le plaisir d'y remarquer la critique de Louis XIV, de ses ministres, et de personnages considérables de la cour, dans un moment où des fautes graves et des abus de pouvoir avaient aigri les esprits et provoquaient tant de plaintes contre le gouvernement de la France. Ce livre eut à peu près la même fortune que les *Caractères* de La Bruyère; les allusions qu'on y trouvait en foule en achevèrent le succès. Comme Fénelon, pour former son élève à la vertu, signalait les mille dangers de la royauté, et faisait un tableau sévère des faiblesses et des passions des princes, les lecteurs y cherchèrent des allusions aux fautes et aux dérèglements de Louis XIV. Ils s'ingénièrent à découvrir les noms des originaux qui avaient posé pour leur portrait sans le savoir; ils firent circuler de salon en salon des clefs révélatrices. Sésostris, qui triomphait avec trop de faste; Idoménée, qui établissait le luxe dans Salente, et qui oubliait le nécessaire, parurent des portraits du roi; le marquis de Louvois semblait, aux yeux des mécontents, représenté sous le nom de Protésilos, vain, dur, hautain, ennemi des grands capitaines qui servaient l'Etat, et non le ministre. Astarbé, belle, enjouée, flatteuse, insinuante, mais ambitieuse et vindicative, passait pour être Mme de Montespan; Antiope, la duchesse de Bourgogne; aussi l'ouvrage fut-il tellement répandu, que Voltaire dit en avoir vu quatorze éditions en langue anglaise.

Le roi, qui crut alors qu'il avait été l'objet d'attaques directes de la part de Fénelon, le prit pour un ennemi; car ce fut malheureusement comme tel que les gens de la cour, prévenus contre Fénelon, le dénoncèrent à Louis XIV. Bossuet lui-même jugea que « le dessein de ce livre était pernicieux, et que l'auteur était bien hardi et bien téméraire de le donner au public. » Il « trouva que les derniers livres de ce roman étaient une censure couverte du gouvernement présent, du roi et de ses ministres[1]. » Ce langage de Bossuet ne surprend pas trop, si l'on songe de quelle vénération il entourait l'autorité royale et absolue, dont il était le défenseur le plus ardent, mais aussi le plus intègre et le plus désintéressé. M. de Noailles, qui ne voulait rien moins que toutes les places de M. de Beauvilliers, gouverneur des princes et ami de Fénelon, disait au roi alors et à qui voulait l'entendre, « qu'il fallait être l'ennemi de sa personne[2] » pour avoir composé le *Telémaque*. Il n'était pas jusqu'à Boileau lui-même qui ne trouvât que Mentor disait de fort bonnes choses, « quoique un peu hardies[3]. »

Louis XIV avait reçu, dans le courant de l'année 1693, une lettre anonyme inspirée par le patriotisme le plus téméraire et le plus héroïque. L'écrivain y débutait par des protestations d'attachement à la personne du roi, en termes trop simples et trop nobles pour n'être pas sincères; puis il étalait devant Louis, avec une verve inflexible, un bien sombre tableau de son règne. Il reconnaissait au roi un cœur droit et équitable, mais défiant, jaloux, éloigné de la vertu; il lui reprochait sa crainte de tout mérite éclatant, son goût pour les hommes souples et rampants, sa hauteur, son égoïsme. Il s'y plaignait des principaux ministres, qui avaient ébranlé et renversé toutes les anciennes maximes de l'Etat, pour étendre l'autorité royale, devenue la

[1] Journal de Le Dieu. — [2] Saint-Simon, vol. IX, ch. XII, p. 289. — [3] Lettre à Brossette, *Œuvres de Boileau*, tome IV, p. 345.

leur; de l'injustice de la guerre contre les Hollandais; des conquêtes qui l'avaient suivie; des troubles causés en Europe par une ambition coupable; de la mauvaise foi qui avait présidé aux traités de paix ultérieurs, et déterminé la formation d'une ligue contre la France; de l'abandon de l'agriculture, de la dépopulation des campagnes, de la ruine du commerce et des arts, de la misère du peuple. Encore si, dans de telles extrémités, le roi avait voulu ouvrir les yeux! Mais non; la gloire, qui endurcissait son cœur, lui était plus chère que la justice, que son salut. L'écrivain finissait en recommandant à Louis de s'humilier sous la main de Dieu, de demander la paix, de rejeter les conseils de ses politiques flatteurs; enfin, de rendre à ses ennemis les places qu'il ne pouvait retenir sans crime.

Cette lettre, où l'on sent un vieux levain qui fermentait et qui éclate, avait dépassé le but; les exagérations qui s'y mêlaient à des reproches mérités, étaient de nature « à irriter ou à décourager le roi plutôt qu'à le ramener, » comme l'écrivait quelque temps après Mme de Maintenon. Toutefois, une partie de la lettre était malheureusement incontestable : c'était celle qui regardait la détresse du peuple et la pénurie du trésor. Ainsi que le dit énergiquement Voltaire, « on périssait de misère au bruit des *Te Deum*. »

Bien que Louis fût depuis quelque temps en défiance contre ce qui transpirait par les amis de Fénelon et par Fénelon lui-même, il ne paraissait cependant pas soupçonner en lui l'auteur de la lettre anonyme, si dure de reproches. Mais quand eut paru le *Télémaque*, qui reproduit souvent, et quelquefois dans les mêmes termes, les reproches de la *lettre*, il n'eut assurément plus de doutes. Aussi, l'apparition du *Télémaque*, plus que tout, consomma la disgrâce de Fénelon, et la rendit irrévocable. « Je sais, écrivait-il à M. de Chevreuse, que M. de Paris a dit au curé de Versailles qu'il faisait ses efforts pour me faire rappeler à la cour, et qu'il y aurait réussi sans *Télémaque*, qui a irrité M. (Mme de Maintenon), et qui l'a obligée à rendre le roi ferme pour la négative[1]. » En outre, quelle preuve plus éclatante du ressentiment de Louis XIV contre le prélat que les précautions

[1] Lettre 123, tome III, p. 553.

infinies que prenait le duc de Bourgogne pour écrire à son précepteur, dont il avait gardé les enseignements au fond de son cœur, et dont il eut le courage de rester toujours le fidèle ami? Après un silence de quatre années, dont il avait beaucoup souffert, faute de pouvoir lui témoigner ce qu'il sentait pour lui, et combien son affection augmentait par ses malheurs, il trouve enfin une occasion favorable de lui écrire. « Ne montrez pas, dit-il en finissant, cette lettre à personne du monde, excepté à l'abbé de Langeron ..., car je suis sûr de son secret. Ne m'y faites pas non plus de réponse, à moins que ce ne soit par quelque voie très-sûre, et en mettant votre lettre dans le paquet de M. de Beauvilliers ..., car il est le seul que j'aie mis de la confidence, sachant combien il lui serait nuisible qu'on le sût[1]. »

Les paroles même les plus innocentes de Fénelon au sujet du roi étaient malignement interprétées. Pour exciter le peuple à prier pour la paix, il avait un jour cité ces paroles de saint Augustin : « Les princes les plus justes et les plus modérés sont réduits à prendre les armes, et ce malheur est d'autant plus déplorable qu'il est devenu nécessaire. » Ses ennemis relevèrent cet endroit; et Fénelon, pour écarter de l'esprit de ses lecteurs toute pensée méchante, jugea bon d'expliquer le passage de son mandement qu'on incriminait, et de prouver qu'il avait, avec le zèle le plus sincère, plaidé et justifié la cause de Louis XIV[2].

Le roi fut malheureusement entretenu dans sa prévention par tout ce qui l'approchait, et principalement par Mme de Maintenon. Dans un *Mémoire* pour M. de Chamillard, qui, appelé au ministère de la guerre, lui demandait son opinion sur les conseillers de Louis XIV : « Le roi, dit-elle après avoir rendu justice au mérite de M. de Beauvilliers, est encore plein d'estime pour lui; mais il a des amis dangereux; je dis M. de Beauvilliers. Nul doute qu'elle n'entendît, par là, Fénelon, avec qui le duc avait conservé d'intimes relations. Du reste, elle ne se départit jamais de son animosité contre le *Télémaque*. Quand le marquis de Fénelon, petit-neveu de l'archevêque de Cambrai, fit paraître, en

[1] 22 décembre 1701; lettre 137, tome III, p. 565. — [2] Lettre au P. Lami, 30 novembre 1708; tome III, p. 619.

1717, la seconde édition correcte de ce poème, elle répondit assez sèchement à Mme de Caylus, qui lui en avait offert la lecture : « Je ne me soucie point de lire *Télémaque*[1]. »

Cette malveillance du roi contre ce poème ne fit que s'enraciner avec le temps. Elle était si bien connue des courtisans, que nul n'eût osé prononcer devant lui le nom du *Télémaque ;* il fut même passé sous silence dans l'éloge que M. de Boze devait faire de Fénelon, quand il lui succéda à l'Académie française ; Dacier, directeur de l'Académie, eut la même prudence craintive ; telle fut la flatterie d'un nouveau genre que l'un et l'autre adressèrent à Louis XIV[2]. Aussi eût-on pu dire alors de *Télémaque* ce que dit Tacite de Brutus et de Cassius, dont les images ne parurent pas aux funérailles de Junie, leur épouse et sœur : *Sed præfulgebant Cassius atque Brutus, eo ipso, quod effigies eorum non visebantur*[3]. N'était-ce pas aussi par discrétion que Lamotte, quelques mois auparavant (15 avril 1714), n'appelait point par son nom, dans une lettre à Fénelon, le *Télémaque,* et se contentait de le désigner par cette périphrase : « Un de vos ouvrages où ils (les commentateurs) entrevoient quelque imitation d'Homère ! »

L'indignation de Louis XIV contre le *Télémaque* et le soin qu'il avait pris tout d'abord d'en faire disparaître les exemplaires ne contribuèrent, comme il arrive toujours en pareil circonstance, qu'à le rendre plus populaire, et à passionner les esprits pour la lecture de cette grave et généreuse condamnation du despotisme. Il eût été plus sage et plus grand de la part du roi de se mettre au-dessus de fâcheuses applications, car les satires dédaignées passent inaperçues ; en témoigner de la colère, c'est en reconnaître la justice[4].

Nous avons montré jusqu'ici les circonstances de la composition et de la première apparition du *Télémaque ;* il est temps d'entrer dans l'examen de l'ouvrage lui-même, et d'en étudier la portée.

[1] Lettre de Mme de Maintenon à Mme de Caylus, 1717, citée par le cardinal de Beausset, liv. IV, p. 181. — [2] Mars 1715, quelques mois avant la mort de Louis XIV. — [3] Tacite, *Ann*, III, LXVI, p. 162. — [4] Spreta exolescunt; si irascare, agnita videntur. Tacite, *Ann.*, IV, XXXIV, p. 196.

II.

Des influences qui ont déterminé et inspiré les idées et les théories exprimées dans le *Télémaque*.

Qu'un précepteur compose un traité didactique, qu'un prêtre fasse un sermon, la chose est simple et s'explique d'elle-même; mais que Fénelon, prêtre, précepteur, académicien, homme de cour, ait écrit un long roman politique, social et moral, voilà qui est singulier. En un mot, d'où le *Télémaque* est-il né? Question qu'il importe de résoudre.

Fénelon devait naturellement puiser ses idées de politique douce et modérée dans son amour pour la morale chrétienne, dont le principe suprême est la charité. Mais elle se développèrent plus que jamais, quand ses talents et ses vertus l'eurent fait entrer dans la société de Mme de Maintenon et de ses amis. Mme de Maintenon, dès 1684, par goût d'économie et désir de soulager le peuple, eût voulu que le roi réduisît les dépenses des bâtiments et le faste de la cour; par esprit de modération et de prudence, elle souhaitait de le détourner des idées d'agrandissement et de conquête. Après la révocation de l'édit de Nantes, mal disposée naguère pour Colbert et pour Seignelai, elle se rapprocha de la famille du grand ministre; la conformité de goût pour la dévotion la lia avec les filles de Colbert, avec les duchesses de Chevreuse et de Beauvilliers. A cette société, se rattacha l'évêque de Châlons, Noailles, et le jeune chef de la mission de Poitou, le brillant abbé de Fénelon. Tous ces nouveaux amis et conseillers de Mme de Maintenon étaient contraires au système d'inquisition et de persécution contre les protestants. Autour de l'épouse de Louis XIV, s'était donc formée une espèce de ligue *du bien public :* ce parti de la modération et des gens de bien, animé des sentiments les plus chrétiens et les plus humains, portait jusqu'à l'excès les tendances contraires à la guerre et aux conquêtes; c'était jusqu'à un certain point la tradition de Colbert modifiée, altérée par l'esprit dévot, par la timidité des vues, par une intelligence insuffisante des intérêts de l'Etat et du rôle de la France en Europe. La communauté de sympathie pour les souffrances populaires unissait à ces hommes d'une vertu un peu étroite deux grands citoyens, deux guerriers philosophes, Catinat et Vauban. Fénelon devint peu à peu l'âme de ce groupe, qui assiégeait, pour ainsi dire, le roi, afin de le gouverner.

Fénelon, par son ascendant de grâce et de politesse, s'emparait facilement de l'esprit de ceux qui l'écoutaient. Cependant, il n'eut pas de prise sur l'esprit de Louis XIV, à la fois si net et si limité. Le prince restait, en effet, inabordable à toute idée de réforme politique, tant le pouvoir absolu était devenu le fond même de son être. Aussi, Fénelon, qui n'avait pas réussi auprès du roi, était de nature à saisir avec empressement l'occasion de préparer, par l'éducation du Dauphin, l'application des réformes qu'il méditait. « Sa persuasion, gâtée par l'habitude, dit Saint-Simon, ne voulait point de résistance; il voulait être cru du premier mot; l'autorité qu'il usurpait était sans raisonnement de la part de ses auditeurs, et sa domination sans la plus légère contradiction ...; être l'oracle lui était tourné en habitude ...; il voulait gouverner en maître qui ne rend raison à personne, régner directement de plain-pied. Pour peu qu'on se rappelle ce qui se trouve en son lieu de son caractère et de sa conduite à la cour ..., on le reconnaîtra à tous ces traits[1]. » Il faudrait peut-être un peu rabattre des assertions de Saint-Simon, assez enclin à exagérer les défauts et les travers des personnages de ses *Mémoires*. Quoi qu'il en soit, l'ambition politique de Fénelon se trahit par trop d'indices pour qu'on puisse la contester. La plupart de ses écrits et sa correspondance prouvent qu'il eût aimé à prendre part aux affaires publiques. Aussi fut-il naturel-

[1] *Mémoires,* vol. XI, c. XX, fin.

lement amené à rédiger, pour le duc de Bourgogne, les principes de morale et de politique auxquels l'aïeul du jeune prince refusait d'obéir. Le besoin de guider le roi était devenu, comme à son insu, un esprit d'opposition.

Fénelon se révèle à nous tout entier dans son double amour pour le christianisme et pour l'antiquité : amour qu'il devait à une éducation fondée sur l'étude de la religion, d'Homère, de Platon et de Virgile. Nul doute que sa morale ne prenne sa source dans l'Evangile. D'un autre côté, passionné pour la lecture des Apôtres et des Pères, il avait été, dès le plus jeune âge, frappé de la simplicité des premiers temps du christianisme, où les âmes, animées de la foi la plus ardente, méprisaient les biens terrestres pour ne plus aspirer qu'à ceux du ciel. Qui ne croira qu'il n'eût ainsi conçu le germe de son aversion pour le luxe? Elle dut encore se fortifier par la naïve admiration de Fénelon pour la poésie d'Homère. Comme il avait l'esprit vif et l'âme tendre, il reçut, de ses lectures, des impressions profondes et durables; son imagination brillante orna les souvenirs qui se présentaient à elle des couleurs les plus agréables et les plus séduisantes. Rien ne le prouve mieux que la lettre où il exprime son dessein de se consacrer aux missions du Levant. Je me le représente volontiers rêvant la vie sans faste des premiers temps, et s'y transportant par la pensée, comme Bernardin de Saint-Pierre, frappé de l'histoire merveilleuse des saints, enviait l'existence des pieux anachorètes dont ses parents l'entretenaient.

Avant que l'humanité se jetât dans la route de la civilisation, il y eut pour elle une époque de simplicité, d'ignorance et de pureté, qu'ont chantée les poètes, et au milieu de laquelle nous voudrions nous être arrêtés, si notre sort n'était pas de marcher, à travers le mal, vers tous les genres de perfectionnement. Du reste, le passé a toujours le grand avantage de n'exister plus que dans l'imagination, et de se pouvoir plus aisément idéaliser. Virgile exaltait l'époque d'Evandre, et l'opposait à son siècle. Platon voyait son idéal dans l'image immobile d'une société éteinte et disparue ; et Athènes, qui, par la liberté, le mouvement, le commerce et les arts, annonçait plus que tout autre cité le monde moderne, paraissait au philosophe l'extrême corruption de l'ordre politique.

Fénelon, qui avait tant fréquenté Platon et Virgile, se reportait, comme eux, avec sa tendre et douce imagination, dans un passé lointain. Il se repaissait, lui aussi, de l'idée d'une vie pastorale et primitive, impossible dans nos sociétés modernes, comme celle du vieillard des *Géorgiques*, qui trouvait le bonheur, dans son petit jardin, à cultiver la verveine et le pavot. Que de fois Fénelon ne trahit-il pas, dans ses ouvrages, son goût pour une existence pacifique au sein de la nature ! Il en oppose les plaisirs, sans cesse renaissants, aux ennuis et aux dégoûts qu'enfantent, d'ordinaire, le luxe et la splendeur des cités et des palais. A quel prix n'estime-t-il pas la condition du guerrier grec Mélésichton et de ses enfants, qui, retirés à la campagne, après la ruine de leur fortune, y ont trouvé, en labourant leur terre, une félicité si parfaite ? « Ils s'aimaient tous ; ils vivaient loin des palais des rois et des plaisirs qu'on achète si cher ; les leurs étaient doux, innocents, simples, faciles à trouver, et sans aucune suite dangereuse[1]. » Aussi ne quitteront-ils jamais, par mollesse ou par fausse gloire, « ce qui est la source naturelle et inépuisable de tous les biens. » La morale de cette fable se retrouve dans l'histoire d'Alibée, qui considère comme ses vrais biens sa houlette, sa flûte et l'habit de berger qu'il avait autrefois porté, avant d'obtenir du roi de Perse la charge de garder ses pierreries et ses meubles précieux. « Les voilà, s'écrie-t-il, ces biens simples, innocents, toujours doux à ceux qui savent se contenter du nécessaire... O chers instruments d'une vie simple et heureuse, je n'aime que vous ! C'est avec vous que je veux vivre et mourir. Pourquoi faut-il que d'autres biens trompeurs soient venus troubler le repos de ma vie[2]. » Tant la condition de berger lui a toujours paru pure et agréable !

Ces sentiments étaient si profondément enracinés au cœur de Fénelon qu'il les exprimait encore quelques mois avant sa mort. En 1714, prié par Dacier, au nom de l'Académie française, de

[1] Fable II. — [2] Fable IV.

donner son avis sur les occupations de la docte compagnie, voici ce qu'il écrivait : « Diverses personnes sont dégoûtées de la frugalité des mœurs qu'Homère dépeint. Mais outre qu'il faut que le poète s'attache à la ressemblance pour cette antique simplicité, comme pour la grossièreté de la religion païenne, de plus, rien n'est si aimable que cette vie des premiers hommes. Ceux qui cultivent leur raison et qui aiment la vertu, peuvent-ils comparer le luxe vain et ruineux, qui est en notre temps la peste des mœurs et l'opprobre de la nation, avec l'heureuse et élégante simplicité que les anciens nous mettent sous les yeux [1]. » En lisant Virgile, il voudrait être avec le vieillard de Cilicie, sur les rives du Galèse ; il admire comme le poète a su tourner en grâce et en ornement la pauvreté d'Evandre [2]. Puis il ajoute : « La honteuse lâcheté de nos mœurs nous empêche de lever les yeux pour admirer le sublime de ces paroles : *Aude, hospes, contemnere apes !* Rien ne marque tant une nation gâtée que ce luxe dédaigneux qui rejette la frugalité des premiers hommes... J'aime cent fois mieux la pauvre Ithaque d'Ulysse qu'une ville brillante par une si odieuse magnificence. Heureux les hommes, s'ils se contentaient des plaisirs qui ne coûtent ni crime ni ruine ! C'est notre folle et cruelle vanité, et non pas la noble simplicité des anciens, qu'il faut corriger. »

Voilà pourquoi le *Télémaque* offre tant de descriptions du bonheur de la vie champêtre, que Voltaire les trouve avec raison trop répétées et trop uniformes [3].

Comment donc Fénelon se livrait-il, vers 1693, à des peintures si complaisantes du bonheur de l'homme des champs ? Tout concourait alors à donner à la misère des proportions effrayantes : l'aggravation des impôts et des charges de toute espèce ; la décadence du commerce et de l'industrie, causée par la guerre et de mauvaises mesures économiques ; la suppression des lois protectrices de l'agriculture (la défense de saisir les bestiaux, maintenue jusqu'à Colbert, n'avait pas été renouvelée depuis) ; le manque de bras, que la guerre enlevait par cent mille aux travaux des champs. A ces maux, ouvrage des hommes, se joi-

[1] § x, p. 100. — [2] *Enéide*, VIII, v. 362-365. — [3] *Siècle*, XXXII.

gnaient les fléaux de la nature. La récolte de 1692 avait été gâtée par les pluies; celle de 1693 ne devait pas être meilleure.

Mais non-seulement la pastorale vient se placer dans les ouvrages qui lui semblent le plus contraires; elle fleurit encore dans les temps qui, par leur misère et leurs troubles, contredisent le plus le bonheur et le calme des scènes champêtres. C'est au seizième siècle, à cette époque de guerres civiles, de meurtres et de crimes, où les hommes sont encore barbares et licencieux, que le goût de la pastorale se répand, avec l'*Astrée,* en Italie, en Espagne, en Angleterre, en France. Pendant la Révolution française, même contraste. Lorsque le sang coule, la littérature respire je ne sais quoi de pastoral.

Fénelon avait, à une époque malheureuse, le besoin d'échapper à ce qu'il voyait, tant le contraste est nécessaire à l'homme! Pendant que la réalité était si lamentable, et que les paysans souffraient de tant de privations et de misères, il s'enivrait de la paix et de l'innocence des champs; pendant que la cour étalait à Versailles son luxe ruineux, il cherchait, dans la pastorale, l'image de la simplicité.

Voilà comment les chimères de la république de Salente ont pu naître dans l'esprit d'un homme du monde, vivant à la cour, dans le commerce des gens les plus sensés et les plus pratiques.

Fénelon, encore enfant, avait le cœur le plus sensible; sa famille alimenta cette flamme par les exemples de la tendresse et de la piété; sa mère, qui le conserva près d'elle jusqu'à douze ans, exerça sur lui une influence dont il faut tenir compte, pour expliquer cet amour de l'humanité qui respire dans le *Télémaque*. Nul, plus que lui, n'eût pu s'appliquer l'éloquent vers de Virgile :

> Sunt lacrymæ rerum, et mentem mortalia tangunt [1].

Il était, pour ainsi dire, tout amour. Or, de cet amour à l'espérance, et même à la conviction que les hommes, animés d'une charité réciproque, allaient s'unir par les liens d'une éternelle

[1] *Enéide,* I, v. 462.

fraternité, il n'y avait qu'un pas, si l'on songe combien l'âme de Fénelon s'ouvrait facilement à l'idéal. C'est à l'espoir qu'il formait d'une paix universelle, qu'il faut attribuer les erreurs de sa politique extérieure : erreurs sublimes, du reste, qui n'étaient que l'excès de ses vertus !

L'étude de l'antiquité développa et conserva en Fénelon, malgré son séjour à Versailles, l'amour de la nature. Les poètes latins qui l'ont si vivement sentie, Horace et Virgile, lui en firent comprendre de bonne heure le langage mystérieux et consolateur. Aussi, quel écho leur sensibilité et leur émotion, en face de la campagne, ne trouvaient-elles pas dans son cœur ! Leurs vers les plus touchants viennent se placer d'eux-mêmes sous sa plume. Dans la *Lettre* à l'Académie : « Malheur, s'écrie-t-il, à ceux qui ne sentent pas le charme de ces vers :

Fortunate senex ! hic, inter flumina nota,
Et fontes sacros, frigus captabis opacum[1] !

Il envie le bonheur de ceux qui sont dans ce lieu dépeint par Horace :

Quo pinus ingens albaque populus
Umbram hospitalem consociare amant
Ramis, et obliquo laborat
Lympha fugax trepidare rivo[2].

Il s'attendrit, avec le poète, pour la solitude :

O rus, quando ego te aspiciam !

pour l'arbre qui s'étonne des rameaux dont il n'est pas le père :

Miraturque novas frondes, et non sua poma,

et pour les plantes que le printemps ranime, etc. Dans une lettre à l'abbé de Beaumont[3], il se plaint de ne voir, à Cambrai, le printemps que par les arbres de son pauvre petit jardin ; il s'afflige de la mort de ses noyers : *ruris honos*. Ce n'est pas lui qui eût, comme Perrault, opposé les jardins de Versailles à ceux d'Alcinoüs, chantés par Homère.

A supposer que le duc de Bourgogne n'eût point, en s'attachant à la lecture de l'*Odyssée,* déterminé son précepteur à enfermer

[1] C. v. p. 45. — [2] § v, p. 43. — [3] 22 mai 1714, p. 714, col. 2.

son roman dans le cadre de la poésie homérique, Fénelon devait suivre son propre goût pour les fictions en empruntant à la mythologie ses divinités. Bien différent de Bossuet, qui, nourri de l'Ecriture sainte, trouvait « un grand creux dans ces productions de l'esprit humain et de sa vanité[1], » Fénelon, bien loin d'avoir pour elles aucune répugnance, y trouvait, quoique prêtre, un véritable charme. Il pardonnait volontiers à Santeul de semer dans ses vers les noms des dieux de la Grèce et de Rome; comme le grave abbé Fleury, il souriait aux jeux folâtres de l'imagination du poète : « La douleur[2] de votre Damon, lui écrivait-il, est peinte d'une manière tendre et gracieuse; tout y est pur et virgilien. Comme Virgile, vous enflez vos chalumeaux :

Sylvestrem tenui meditaris arundine musam.

M. l'abbé Fleury, dont vous craignez *censoriam gravitatem*, vous pardonne sans scrupule vos *Naïades* et vos *Silviades*. » Il redevenait volontiers enfant, si nous l'en croyons, pour lire les aventures de Philémon et de Baucis, d'Orphée et d'Eurydice[3]. Il disait presque comme La Fontaine :

Si peau d'âne m'était compté,
J'y prendrais un plaisir extrême.

Aussi ne devait-il éprouver aucun scrupule à mettre en scène, dans le *Télémaque*, les divinités du paganisme. Sa pureté, sa foi, sa vertu n'en pouvaient recevoir aucune atteinte.

Ainsi, tout disposait Fénelon à écrire un ouvrage comme le *Télémaque*. Quoique prêtre, il se plaisait aux fictions de la mythologie; bien qu'il fût homme de cour, et qu'il eût reçu plus d'un bienfait de Louis XIV, l'intérêt qu'il portait à sa patrie et son ambition politique l'excitaient à poursuivre l'application de ses doctrines, et à les inculquer dans l'âme du duc de Bourgogne, bien qu'elles déplussent au roi.

La société de Mme de Maintenon, où il fut reçu, favorisa le développement de ses principes de politique bienveillante, géné-

[1] Lettre à Santeul, citée par de Beausset, IIe vol., c. IV, p. 223. — [2] Id., p. 224. — [3] Lettre à Lamotte, p. 127.

reuse et même trop désintéressée, et l'enhardit à les mettre au jour.

Amoureux de l'idéal, il se flattait de rendre définitivement les hommes bons et heureux, et de les ramener à une époque d'innocence, de pureté et de paix.

Admirateur de la simplicité primitive, et plein de la lecture des anciens qui s'en étaient le plus épris, il avait un dégoût du luxe et une passion pour la vie des champs qui expliquent les règlements de sa cité.

III.

De la théologie du *Télémaque*. — De la part de l'esprit chrétien et de la part de l'esprit grec dans la composition de ce livre. — Le Tartare et l'Elysée de Fénelon comparés à l'Elysée et à l'Enfer d'Homère et de Virgile, de Dante, de Milton et de Chateaubriand.

Le *Télémaque* nous offre, comme l'épopée, une suite de récits groupés autour d'un évènement principal, et embellis d'épisodes et de fictions. Pour donner plus d'éclat et de grandeur à l'action du poème, Fénelon, dans des évènements contemporains de la guerre de Troie, fait appel au merveilleux, et met en scène, comme il est naturel, les divinités homériques : Jupiter, Minerve, Neptune, Vénus, etc., car il a l'esprit de l'antiquité en même temps que l'esprit de piété ; il les unit en lui et les mêle en une admirable harmonie. Chateaubriand, qui, dans *les Martyrs*, veut placer le monde chrétien en face du paganisme, et opposer la parole de la Genèse à celle de l'*Odyssée*, et Jéhovah à Jupiter, met sans cesse la Genèse et le christianisme aux prises, et en marque, dès les premières pages, le désaccord. Fénelon, au contraire. Pour lui, le combat de la Grèce et du christianisme n'existe pas. Mais ce livre n'est pas de l'antique pur. Nous allons montrer comment il y transforma la théologie païenne.

Homère, lui, a peint ses dieux comme son temps les voyait. Il les a pris tels qu'il les trouvait ; il ne les a pas faits ; leurs défauts ne sont pas les siens[1]. Le blâmer de les avoir peints fidèlement, ce serait reprocher à un artiste d'avoir fait des portraits ressemblants. Du reste, quelle n'est pas la magnificence des images

[1] Fénelon l'a dit lui-même ; voy. *Lettre à l'Acad.*, x, 10, et Correspondance avec Lamotte, *Lettre* x.

dont le poète représente la puissance de Jupiter! Phidias avait conçu l'idée de sa statue du dieu, empreinte de tant de grandeur, en méditant ces vers de l'*Iliade*, qui expriment la majesté :

Ἠ, καὶ κυανέῃσιν ἐπ' ὀφρύσι νεῦσε Κρονίων.
Ἀμβρόσιαι δ' ἄρα χαῖται ἐπερρώσαντο ἄνακτος
Κρατὸς ἀπ' ἀθανάτοιο · μέγαν δ' ἐλέλιξεν Ὄλυμπον [1].

Aussi, Fénelon rendait pleine justice à Homère, bien qu'il reprochât aux dieux du vieux poète d'être souvent fort au-dessous de ses héros, qui eux-mêmes répondaient si peu à l'idée que nous nous faisons de l'honnête homme. « Personne [2], dit-il, ne voudrait avoir un père aussi vicieux que Jupiter, ni une femme aussi insupportable que Junon, encore moins aussi infâme que Vénus. Qui voudrait avoir un ami aussi brutal que Mars, ou un domestique aussi larron que Mercure? » Platon, Longin et saint Augustin avaient déjà blâmé, avant Fénelon, Homère de donner aux dieux les vices des hommes, et aux hommes, les vertus des dieux.

La Vénus du *Télémaque* est encore la déesse de la beauté et de l'amour; c'est la même que la Vénus antique; elle en a l'influence criminelle et pernicieuse. L'île de Chypre, où elle possède un temple, est le séjour de la volupté. Mais Fénelon ne montre cette déesse avec son cortége de séductions que pour nous frapper de l'idée de sa puissance sur les cœurs, et faire sentir combien il faut de courage et de force pour n'y pas succomber. L'avertissement même que Minerve envoie dans un songe mystérieux à Télémaque, ne suffirait pas à empêcher le jeune héros de s'abandonner à la vie molle et efféminée des Chypriens, s'il ne s'y dérobait par la fuite; ce n'est de même que par la fuite qu'on l'arrache à sa passion pour la nymphe Eucharis. Aussi, quelle leçon au sujet de l'amour ne nous donne pas Mentor, quand il se précipite avec Télémaque dans la mer!

Les immortels, dans Homère, manquent de gravité. Un rire inextinguible s'élève au milieu d'eux, quand ils voient Vulcain se trémousser (ποιπνύοντα) dans le palais céleste. Fénelon donne

[1] *Iliade*, I, 528-531. — [2] *Lettre à l'Académie*, x, 9°, p. 97.

presque à leur assemblée dans l'Olympe la puissance et la grandeur qu'il se figure dans le Dieu chrétien. Virgile avait déjà idéalisé l'Olympe homérique. Fénelon abaisse devant les dieux les royaumes, qu'il compare à un peu de sable; les plus grands peuples et les plus nombreuses armées, qu'il compare à des fourmis se disputant un brin d'herbe sur ce morceau de boue, qui est la terre. Son Jupiter agit peu; mais comme il impose sur son trône! « Ses yeux percent jusque dans l'abîme, et éclairent jusque dans les derniers replis des cœurs... Les dieux mêmes, éblouis des rayons de gloire qui l'environnent, ne s'en approchent qu'avec tremblement[1]. » Fénelon veut que son élève se sente petit sous la main de la divinité, et en reçoive une crainte respectueuse; aussi entoure-t-il Jupiter d'augustes attributs, après lui avoir ôté sa grossièreté et ces vices.

De même Jupiter, dans l'*Enéide*, est affranchi de ses passions; il est calme, grave, majestueux; c'est l'arbitre équitable, sans colère, sans prévention, sans jalousie; les autres dieux lui obéissent, non parce qu'il est le plus fort, mais bien le symbole de la justice et de la raison.

Minerve, dans l'*Odyssée*, est le génie tutélaire d'Ulysse, dont elle prépare le retour à Ithaque, en récompense de sa sagesse et des sacrifices qu'il a offerts si souvent aux dieux sous les murs de Troie; elle conseille à Télémaque d'aller à la recherche de son père, et de hâter la ruine des prétendants qui pillent sa maison; mais elle ne se donne pas la mission de former l'un et l'autre à la vertu. Fénelon, qui lui prête un rôle plus considérable dans le *Télémaque*, met dans sa bouche, avec les préceptes de la morale humaine, ceux de la morale chrétienne. Aux leçons sur les dangers de la flatterie, sur la modération, sur le courage, sur la guerre et sur la politique, qu'avaient déjà enseignées les Grecs et les Romains, et qui sont à peu près aussi anciennes que le monde, il en mêle d'autres qui font songer à l'humilité, au désintéressement, à la charité. Elle espère d'autant plus de Télémaque qu'il est plus éprouvé par le malheur, plus compatissant aux souffrances d'autrui, plus résigné, plus défiant de lui-même, et

[1] *Télémaque*, tome III, VIII, p. 51.

plus confiant dans la justice des dieux. Elle lui fait voir des frères dans tous les hommes. Quand il se plaint des faiblesses d'Idoménée, elle lui rappelle que les plus grands hommes ont commis de grandes fautes.

Pour transformer le Jupiter antique, Fénelon n'avait pas beaucoup à lui ajouter, ni à lui retrancher. N'était-ce pas déjà, dans l'*Iliade,* un dieu vivant, une réalité terrible, que ce maître des dieux et des hommes consacré, dans le sanctuaire d'Olympe, par un sublime artiste? Seulement, dans le *Télémaque,* Jupiter n'adresse plus à Junon de reproches comme dans une querelle de ménage; Junon ne l'accuse plus d'infidélités. Vénus ne se rend plus, sous les traits d'une vieille femme, près d'Hélène, pour lui désigner Pâris et l'exciter à la volupté. La morale gagne peut-être à cet amendement des dieux de la Grèce, puisqu'ils n'ont plus ces faiblesses et ces passions qui excusent et encouragent celles des hommes. Mais les divinités homériques nous intéressent et nous émeuvent au plus haut point, comme les héros animés d'un drame, par l'ardeur de leur désir, par la violence de leurs querelles; nous ne les connaissons pas seulement par les épithètes du poète; nous les voyons agir, nous les entendons parler; en un mot, ils vivent! Au contraire, avec la conception fort simple de Fénelon, où est le mouvement passionné de l'*Iliade?* Tant il y a que la vérité morale n'est pas la vérité poétique.

En outre, ce mélange de l'esprit grec et de l'esprit chrétien constitue un immense anachronisme; il fausse l'idée que, d'après Homère, nous nous formons des dieux de l'antiquité. Mais, que l'on prenne une bonne fois le roman de Fénelon pour un livre d'éducation, bien des critiques, que nous pourrions faire de ce défaut de vérité historique, tombent d'elles-mêmes. Fénelon, lui, sentait assurément qu'il altérait la théologie d'Homère; mais il ne pouvait mettre sous les yeux de son élève des tableaux de nature à dégrader la divinité, malgré son désir de conserver l'illusion la plus complète.

Parmi les écueils semés sous les pas des hommes, Fénelon, malgré le caractère dont il était revêtu, ne crut pas bon de cacher au duc de Bourgogne celui de l'amour. Mais si, dans la peinture de cette passion, il ne va pas aussi loin qu'Euripide, Catulle, Virgile, Apollonius et Racine, il faut encore en chercher la raison dans la pureté de la religion chrétienne, qui lui interdisait des couleurs trop vives. Par des images trop fortes, trop saisissantes, n'eût-il point chatouillé le cœur du jeune prince? Obéissant à un scrupule honorable pour sa vertu, il est timide dans le tableau des ardeurs de Calypso et d'Eucharis. Quand Calypso, *pour se soulager de sa passion*, donne l'enfant Cupidon à la nymphe qui est auprès d'elle, Fénelon ne prend-il pas un biais pour s'épargner l'embarras de retracer les désirs qu'elle éprouve? A moins qu'on ne dise qu'il s'attache surtout à peindre dans l'amour ses agitations, ses tourments, ses misères. Combien, pour exprimer la jalousie de la déesse, n'est-il pas plus à l'aise? Il a l'énergie du pinceau de Virgile.

Comme Didon, Calypso aime la première, sans savoir si elle est aimée. Mais elle connaît bientôt la passion de Télémaque pour Eucharis. C'est alors que commence le désespoir de Calypso; c'est alors que Fénelon trouve, pour exprimer la fureur de la déesse, des accents admirables. Comme Didon, qui demande qu'Enée tombe avant le temps et n'ait pas les honneurs de la sépulture,

> Sed cadat ante diem, mediaque inhumatus arena[1],

elle s'écrie : « Que ton corps, devenu le jouet des flots, soit rejeté, sans espérance, sur le rivage ; que mes yeux le voient mangé par les vautours[2]! » Quand, donnant un libre cours à sa haine, elle cherche une consolation dans le désespoir d'Eucharis, nous croyons entendre la Camille de Corneille : « Celle que tu aimes le verra aussi; elle le verra; elle aura le cœur déchiré, et son désespoir fera mon bonheur! » Calypso, « les yeux rouges et enflammés, » « les joues tremblantes et couvertes de taches noires et livides[3], » c'est Didon près de monter sur le bûcher :

> Sanguineam volvens aciem, maculisque trementes
> Interfusa genas, et pallida morte futura[4].

[1] *Enéide*, IV, v. 620. — [2] *Télémaque*, VI, p. 38. — [3] *Télémaque*, VI. p. 38. — [4] *Enéide*, IV, v. 643, 644.

Ne pouvant mourir, puisqu'elle est immortelle, Calypso veut calmer ses douleurs en éloignant Télémaque de son île; mais comme sa fureur se ramine, quand elle aperçoit de loin le vaisseau préparé par Mentor! « Ses yeux se couvrent à l'instant d'un épais nuage, semblable à celui de la mort. Ses genoux tremblants se dérobent sous elle; une froide sueur court par tous les membres de son corps[1]. » C'est encore Didon contemplant, du haut de son palais, les Troyens qui préparent leur navire pour le départ :

> Quis tibi tunc, Dido, cernenti talia sensus?
> Quosve dabas gemitus, quum littora fervere late
> Prospiceres .....[2]?

Enfin, comme Didon priant les dieux de le venger,

> I, sequere Italiam ventis, pete regna per undas;
> Spero equidem mediis, si quid pia numina possunt,
> Supplicia hausurum scopulis, et nomine Dido
> Sæpe vocaturum[3].....

« va, dit Calypso ...; puises-tu, au milieu des mers, suspendu aux pointes d'un rocher et frappé de la foudre, invoquer en vain Calypso, que ton supplice comblera de joie[4]! » En mettant dans la bouche de la déesse ces éloquentes imprécations, Fénelon ne redoute plus d'alarmer une âme chaste; il la fortifie, au contraire, contre le péril, en mettant devant elle, dans toute sa vérité, un des plus funestes effets de la passion.

Même prudence de Fénelon, quand à Calypso il oppose Eucharis. Il la fait parler en des termes qui trahissent la flamme dont elle brûle; mais combien l'on sent qu'il les a pesés, dans la crainte d'en trop dire à son lecteur! Quand il représente la nymphe en qui Télémaque veut placer, pendant l'absence de Mentor, tout son espoir, « rougissant et baissant les yeux[5], » la honte sur le visage, mais la joie au cœur, il fait sentir aussi, mais discrètement, le mal qui la dévore.

[1] *Télémaque*, VI, p. 38. — [2] *Enéide*, IV, v. 408-410. — [3] *Enéide*, IV, v. 381-384. Cf. Apollonius de Rhodes, IV, v. 383, 384 :

> ..... Μνήσαιο δὲ καί ποτ' ἐμοῖο,
> Στρευγόμενος καμάτοισι.....

[4] *Télémaque*, VI, p. 40. — [5] *Id.*, VI, p. 39.

On dirait que Fénelon, si prudent dans la peinture de l'amour violent, en ait cependant encore voulu tempérer les effets par celle de l'amour chaste et modeste. Quel caractère plus aimable et plus touchant que cette fille d'Idoménée, qui se montre moins depuis qu'elle sait les exploits et la naissance de Télémaque; qui ne chante devant lui qu'avec modestie et tristesse, et pour ne pas désobéir à son père; qui rougit à la vue de la hure de sanglier que lui offre le jeune étranger, son libérateur; qui ne prendra jamais pour époux qu'un homme qui craigne les dieux[1] ! Antiope est l'idéal qu'imaginait Fénelon de la jeune fille douce, simple, pudique, prévoyante, laborieuse, ennemie des vaines parures, oublieuse de sa beauté. La main qui a dessiné cette gracieuse physionomie est bien celle qui écrivait, quelques années auparavant, pour Mme de Beauvilliers, ces conseils pieux et éclairés sur l'éducation des filles : éducation dont il établissait tout le système sur le seul fondement qui puisse assurer le bonheur des familles et l'ordre de la société : la religion !

Toute l'œuvre est imprégnée du sentiment chrétien. Il anime les principaux personnages : Philoclès, qui, dégoûté des injustices d'Idoménée, se retire dans l'île de Samos, pour y mener une vie simple et vertueuse, et chercher le bonheur dans la paix seule de sa conscience; les chefs des Manduriens, qui considèrent les autres hommes comme leurs frères, et n'aspirent qu'à la gloire d'être justes, humains, fidèles, désintéressés et contents de peu; Télémaque surtout, si humilié et si repentant des faiblesses où le font tomber sa présomption et son emportement. Quand il sent naître sa passion pour Eucharis, il est inquiet : un combat s'engage entre son devoir et son amour. Il a quelquefois envie de se jeter au cou de Mentor, et de lui témoigner combien il est touché de sa faute; mais il est retenu par la douceur du péril.

Les personnages de Fénelon, rendus meilleurs par l'esprit chrétien, ont, par suite, un air très-moderne; ils tiennent des discours et conçoivent des pensées que ne comportaient point le milieu et l'époque où ils vivaient. Aussi ne les prenons-nous pas

[1] *Télémaque*, XVII, passim.

pour de véritables Grecs, contemporains d'Homère, et que l'illusion n'est pas complète. Mais, en jugeant le *Télémaque,* il ne faut jamais perdre de vue le but que s'en proposait l'auteur : l'éducation d'un adolescent. Si le caractère de *Télémaque* doit en partie sa beauté à l'influence de l'esprit chrétien, ce défaut de vérité historique ne devait pas être sensible au duc de Bourgogne, trop jeune encore pour le remarquer et pour porter, dans l'examen du poème, une critique pénétrante. Et puis, pourquoi plus reprocher à Fénelon qu'à Racine d'avoir prêté quelquefois à ses héros une physionomie chrétienne? L'Andromaque du poète, priant Céphise de faire connaître à Astyanax les héros de sa race,

> ..... Par quels exploits leurs noms ont éclaté,
> Plutôt ce qu'ils ont fait que ce qu'ils ont été,

et de lui laisser

> ..... De ses aïeux un souvenir modeste [1],

Andromaque, dis-je, parle sous l'impression d'une humilité qui n'est rien moins que païenne. Il en est de même d'Iphigénie, qui, au lieu de gémir en apprenant le barbare projet de son père, saura,

> ..... S'il le faut, victime obéissante,
> Tendre au fer de Calchas une tête innocente [2],

et mourir avec résignation, pour rendre à son père le sang qu'elle en a reçu. En général, la littérature du dix-septième siècle respire la foi chrétienne. Le trait qui la distingue, c'est l'esprit religieux; non ce faux zèle dont se moquait Molière, mais un esprit grave et sincère, qu'illustraient souvent de touchants sacrifices, et qui exerçait sa puissance même au milieu des faiblesses et des vices. Aussi, comment s'étonner que le pieux Fénelon anime son *Télémaque* d'un souffle de philosophie chrétienne!

Il ne perdit jamais de vue sa fin dernière; au-delà du monde, il voyait sans cesse une vie meilleure, dont l'espérance brillait à ses yeux. « Encore un peu, écrivait-il, après la mort de Beauvilliers, à la duchesse sa veuve, encore un peu, et il n'y aura

[1] *Andromaque,* IV, sc. 1, p. 162 — [2] *Iphigénie,* acte IV, sc. 4, p. 536.

plus de quoi pleurer; c'est nous qui mourons; ce que nous aimons vit, et ne mourra plus[1]. » Il croit sans effort à tout ce qu'il y a de spirituel en nous. Il se réjouit, en sentant le printemps par-delà l'hiver; sur son lit de mort, il « parut insensible à ce qu'il quittait, et uniquement occupé de ce qu'il allait trouver, avec une tranquillité, une paix, qui n'excluait que le trouble, et qui embrassait la pénitence, le détachement[2]. »

Je ne sais qui a dit qu'il nous était moins facile de nous représenter les joies du paradis que les peines de l'enfer, sous le prétexte que la vie d'ici-bas nous donne bien mieux l'idée des unes que des autres. Mais Fénelon, avec son âme délicate et pure, et ornée d'une grâce divine, se formait, par la foi et par l'amour, l'image de la béatitude des justes dans le ciel. La descente de Télémaque aux Champs-Elysées lui fournit l'occasion de la peindre, et de nous en donner, pour ainsi dire, l'avant-goût, par des traits sublimes et divins. Nous verrons combien il est neuf après Homère, Virgile et Dante, dans la description de l'Elysée et de l'Enfer.

Dans le chant XI de l'*Odyssée*, Ulysse, sur l'avis de Circé, se rend au pays des Cimmériens, sur les bords de l'Océan pour consulter l'âme du devin Tirésias. Il offre des libations et des sacrifices aux morts qu'il veut interroger. Quand le sang a coulé, leurs ombres s'échappent de l'Erèbe, et se pressent pour boire, autour d'Ulysse. Ce sont des épouses, des jeunes gens, des vieillards accablés de misères; des vierges déplorant leur trépas prématuré; des guerriers blessés et portant encore leur armure ensanglantée. Le génie du poète a disposé d'une façon dramatique et saisissante la scène de l'évocation. Quoi de plus touchant que l'entrevue d'Ulysse et de sa mère Anticlée, à qui le souvenir de la tendresse de son fils a ravi la douce existence; de plus énergique que le récit de la mort d'Agamemnon, « tué comme un bœuf qu'on assomme sur la crèche, »

Ὡς τίς τε κατέκτανε βοῦν ἐπὶ φάτνῃ[3] ?

[1] 28 décembre 1714, tome III, p. 721. — [2] *Portrait de Fénelon;* Saint-Simon, vol. XI, liv. XX, p. 439. — [3] *Odyssée*, XI, v. 411.

Quoi de plus frappant que le silence d'Ajax, qui, au lieu de répondre à l'héritier des armes d'Achille, s'enfuit dans l'Erèbe avec la foule des ombres? Homère, du reste, se contente de redire brièvement l'histoire des ombres qui se présentent à Ulysse; il ne leur destine ni supplices ni récompenses. C'est plusieurs siècles seulement après lui que l'on imaginera des lieux distincts pour les justes et pour les méchants. Trois criminels seulement, dans l'*Odyssée*, sont punis, comme ennemis personnels des dieux : Tityos, dont le foie, rongé par deux vautours, renaît sans cesse pour de nouveaux tourments; Tantale, qui, altéré et ne pouvant boire, souffre d'amères douleurs; Sisyphe, qui, dégouttant de sueur, roule son rocher éternel. Quant aux ombres des autres mortels descendus dans l'Hadès, elles éprouvent les mêmes joies et les mêmes peines que pendant leur vie, qu'elles regrettent; Orion, armé de sa forte massue, poursuit encore, à travers la prairie émaillée d'asphodèles, les monstres qu'il immola sur les montagnes; Achille règne sur les ombres comme il régnait autrefois sur les Grecs; mais il ne se console point de sa mort, et aimerait mieux, simple cultivateur, servir un homme obscur, qui ne posséderait qu'un faible bien; d'autres, accablées de tristesse, s'informent chacune de leurs parents. Frappé d'une immortalité si misérable, le compagnon d'Ulysse, Grillus[1], ne la croit pas digne d'être désirée. « Pour n'être qu'une ombre, et encore une ombre plaintive, qui regrette jusque dans les Champs-Elysées, avec lâcheté, les peines de ce monde, j'avoue que cette ombre d'immortalité ne vaut pas la peine de se contraindre. »

Ainsi, l'autre monde n'est, pour Homère, que la vaine apparence de celui-ci. Les ombres ne recouvrent un peu de mémoire et de sentiment que quand elles ont bu le sang, principe de la vie. Mais ces doctrines d'Homère ne pouvaient pas suffire à Virgile, instruit par une philosophie plus haute, celle de Platon, et par les initiations des mystères. Ne croyons pas toutefois que le VIe livre de l'*Enéide* soit une exposition exacte des dogmes platoniciens; ces dogmes y sont bien, mais mêlés avec les principes de Pythagore, mais accommodés aux croyances du peuple. Car

[1] *Dial. des morts*, VI, tome II, p. 551.

Virgile écrivait en poète indépendant, non en hiérophante fanatique. Il chantait, non tant ce que les hommes avaient cru, que ce qu'il croyait lui-même. Voilà pourquoi il ne donne pas sur les croyances antiques des témoignages aussi certains que la *Bible,* que l'*Iliade* et l'*Odyssée.*

Virgile fait encore quelques concessions aux croyances populaires en peignant le vieux Charon sur la rive du Styx, en plaçant les Furies à la portée du Tartare ; mais il s'en affranchit bientôt. Il fait instruire le procès des coupables par Minos ; Rhadamanthe les juge. Les châtiments les plus cruels sont réservés aux criminels envers les dieux, comme Salmonée et Tityos ; quant aux criminels envers les hommes, ils sont punis d'après la sévérité qui réglait, à Rome, les rapports entre les membres d'une même famille. Ainsi, le poète place aux enfers les frères ennemis, les fils coupables, etc... C'est encore le Romain qui reparaît dans Virgile, lorsqu'il réserve le séjour des Champs-Elysées aux soldats tombés en combattant, aux prêtres dont la vie a été pure ; aux poètes pieux, aux inventeurs d'arts utiles, aux bienfaiteurs du genre humain : grande et noble idée ! C'est à Pythagore, à Platon, au stoïcisme, qu'il emprunte sa théorie des âmes, qui viennent se purifier, dans l'autre monde, des souillures qu'elles ont contractées sur la terre, en attendant que les dieux les envoient dans un nouveau corps. Nul doute qu'il n'ait présente à l'esprit la vision de Her l'Arménien[1], qui raconte ce qu'il a vu dans l'autre vie. Dans le récit qui termine la *République* de Platon, chacune des âmes porte dix fois la peine des injustices qu'elle a commises. Ceux qui se sont souillés de plusieurs meurtres, qui ont trahi des Etats et des armées, sont tourmentés au décuple pour chacun de ces crimes. Ceux, au contraire, qui ont fait du bien autour d'eux, qui ont été justes et vertueux, reçoivent dans la même proportion les récompenses de leurs actes. Quand toutes les âmes ont passé dans l'autre vie le temps fixé, elle recommencent une nouvelle carrière, et renaissent à la condition mortelle.

Maintenant, quelle est la nature des joies et des souffrances que Virgile fait craindre ou espérer aux hommes après la mort ? Ce

[1] Platon, *Républ.*, x, à la fin.

sont des joies et des souffrances physiques. Fénelon s'en est plaint. « Ce poète, dit-il, ne promet point d'autre récompense à la vertu la plus pure et la plus héroïque, que le plaisir de jouer sur l'herbe, ou de combattre sur le sable, ou de danser, ou de chanter des vers, ou d'avoir des chevaux, ou de mener des charriots, ou d'avoir des armes[1]. » Bref, ils ne goûtent que les plaisirs de leur première existence :

..... Quæ gratia curruum,
Armorumque fuit vivis, quæ cura nitentes
Pascere equos, eadem sequitur tellure repostos[2].

Voilà ce que l'antiquité proposait de plus consolant au genre humain. Encore ces hommes et ces spectacles qui amusent les morts ne sont-ils plus que de vaines ombres; encore ces ombres gémissent, dans l'impatience où elles sont de rentrer dans des corps pour recommencer les misères de cette vie, qui n'est qu'une maladie par où l'on arrive à la mort : *mortalibus ægris*[3] *!* Aussi, comprenons-nous l'étonnement d'Enée : « Les malheureux ! quel regret insensé de la vie ! »

Quæ lucis miseris tam dira cupido[4] !

Quant aux impies qu'aperçoit le héros, les uns sont fouettés par les Furies; les autres, comme Ixion et Pirithoüs, sont menacés continuellement de la chute d'un rocher, et ne peuvent toucher à des mets magnifiquement servis devant eux ; d'autres pendent, attachés aux rayons d'une roue.

Tels sont les châtiments et les récompenses réservés aux âmes dans l'Enfer et dans l'Elysée païens. Homère, du moins, partageait et exprimait, sur le sort des ombres, les croyances de son époque ; mais Virgile n'invitait-il pas à fouler aux pieds la crainte de l'Achéron et du Tartare ? Les vers suivants le font croire :

Felix, qui potuit rerum cognoscere causas,
Quique metus omnes et inexorabile fatum
Subjecit pedibus, strepitumque Acherontis avari[5].

Dans les deux poètes, toutefois, le plaisir et la douleur ont leur effet sur le corps, bien plus que sur l'âme, et s'adressent aux

[1] *Lettre à l'Académie*, x, 9°; p. 97. — [2] *Enéide*, VI, 653-656. — [3] Virgile, *Enéide*, II, v. 268. — [4] *Enéide*, VI, v. 721. — [5] *Géorgiques*, II, 489-491.

sens, conséquence vraisemblable d'une religion qui divinisait les plaisirs, et autorisait les passions.

Le christianisme, qui était venu pour la mortification de la chair et la sanctification de l'esprit, devait changer l'idée que Virgile et Homère se faisaient de la vie future, et ouvrir un nouvel horizon aux poètes qui, après eux, tenteraient de nous transporter dans les domaines invisibles. En éclairant l'homme sur sa destinée glorieuse, il lui apprenait à sacrifier les satisfactions de son corps à l'amendement de son âme. Aussi, combien les récompenses qu'il réservait aux justes et les châtiments dont il menaçait les coupables, ne différaient-ils pas de ceux auxquels croyait le monde ancien ! C'est l'âme, et non le corps, qui doit surtout être heureuse ou malheureuse dans l'Enfer ou dans le Paradis chrétien, bien qu'on y ressuscite en corps et en âme.

Dante, malgré sa foi, punit ses damnés plutôt selon l'esprit païen que selon l'esprit chrétien. Ils éprouvent, il est vrai, d'affreux remords ; ils haïssent et blasphèment Dieu ; ils sont en proie à de terribles angoisses ; leur conscience est mise à nu.

Toutefois, la sombre imagination du poète crée le plus souvent des supplices physiques comme ceux de l'*Enéide*.

Quant aux joies de son Paradis, elles sont plutôt morales. Là, il s'affranchit des souvenirs du paganisme. Les âmes y voient Dieu, qui les remplit ; le plaisir éternel, qui étincelle sur leur beau visage, renvoie la lumière de Dieu ; elles ont je ne sais quoi de divin ; élevées à la connaissance de la vérité, de la béatitude, de l'harmonie, elles expriment leur reconnaissance par des cantiques mélodieux : « Sois béni, ô Sauveur, Dieu saint des armées, toi qui éclaires de ta lumière les âmes des fortunés royaumes[1]. » Elles sont dans une allégresse et un ravissement éternels ; elles nagent dans la lumière increéée.

Dans le *Paradis perdu*, Adam et Eve, que Dieu a placés en corps et en âme dans leur séjour délicieux, goûtent en même temps les plaisirs des sens et les joies de l'âme.

Milton met dans son Enfer un lac brûlant, qui rappelle le lac de feu de l'*Apocalypse*, et il suppose que le Styx, l'Achéron, le

[1] *Paradis*, VI, p. 379.

Cocyte et le Phlégéthon s'y viennent rendre. Il place à quelque distance le Léthé, qui sépare deux continents très-contraires, l'un tout de glace, et l'autre tout de feu. Il se souvient sans doute de ce passage de Job : *Ad nimium calorem transeat ab aquis nivium, et usque ad inferos peccatum illius*[1], et du IV° livre d'Esdras, dont l'auteur suppose les damnés tourmentés par le feu et par l'eau. Ainsi, il réunit les idées qu'il prend dans les termes métaphoriques de l'Ecriture sainte, et celles que la Fable lui fournit. Les joies de son Paradis et les peines de son Enfer sont à la fois physiques et morales.

Fénelon, dans la description de son Enfer et de son Elysée, profite, comme on peut s'y attendre, du secours du christianisme. Toutefois, il ne fait pas seulement œuvre de théologien; mais, en écrivain que charmaient les fables mêmes, il fait appel aux poétiques images de l'*Enéide*. Il prend à Virgile son Charon, son Minos, son Rhadamanthe, ses Furies, son Pluton; puis, quand il a payé ce tribut aux souvenirs de l'antiquité païenne, il s'éloigne de son modèle, et marque sa propre originalité, en s'inspirant de la philosophie chrétienne. Inutile de dire qu'il sépare les justes des méchants. Les morts ne sont plus de vaines ombres; ils ont le sentiment le plus vif de leurs douleurs et de leurs joies. Il signale, outre les criminels de Virgile, d'autres criminels qui eussent échappé au Tartare grec ou latin, mais qui, en réalité, sont les plus scélérats de tous les hommes : les hypocrites, qui, voulant passer pour bons, font, par leur fausse vertu, que l'on n'ose plus se fier à la véritable; les ingrats, les menteurs, les flatteurs qui ont loué le vice; les critiques malins, qui ont flétri la vertu; enfin ceux qui, jugeant témérairement, ont nui à la réputation des innocents. Il appesantit sur eux la main de Dieu, plus que sur les assassins, les adultères et les traîtres à la patrie.

S'il distingue entre les crimes, il distingue également entre les vertus, et il attribue à celles-ci des récompenses, à ceux-là des punitions proportionnées au mérite ou au démérite. Achille et Agamemnon, en raison de leurs querelles et de leurs combats, conservent encore, dans l'Elysée, leurs défauts naturels; les rois

[1] *Job*, ch. XXIV.

justes, purifiés par la lumière divine qui les nourrit, n'ont plus rien à désirer pour leur bonheur.

Pourquoi donc, dira-t-on, l'auteur s'applique-t-il à mettre surtout en vue les bons et les mauvais rois ? C'est qu'il veut frapper, par l'exemple de leur sort dans l'autre monde, l'imagination du jeune prince son élève. Dans la peinture de leurs supplices ou de leurs récompenses, il substitue, par un art admirable ou un souvenir involontaire, des joies et des souffrances morales aux maux et aux félicités faibles ou bizarres des poètes anciens et de Dante. Il est vrai qu'il se conforme encore aux croyances du paganisme, et qu'il se souvient de Lucien, quand il montre Nabopharzan, roi de Babylone, entouré d'esclaves qui le tiennent enchaîné et lui font subir les plus cruelles indignités; mais cette ombre n'est pas encore jugée par Minos, elle n'éprouve qu'un commencement de douleur, et Fénelon ne la tient pas quitte pour si peu. Il lui réserve de plus affreuses tortures. Contemplons donc les souffrances morales que l'auteur du *Télémaque*, nourri par la méditation chrétienne, place dans le cœur des coupables, quand ils ont entendu leur arrêt. « C'est une tristesse noire qui ronge ces criminels; ils ont horreur d'eux-mêmes, et ils ne peuvent non plus se délivrer de cette horreur que de leur propre nature ; ils n'ont pas besoin d'autre châtiment de leurs fautes que leurs fautes mêmes; ils les voient sans cesse dans toute leur énormité; elles se présentent à eux comme des spectres horribles; elles les poursuivent; pour s'en garantir, ils cherchent une mort plus puissante que celle qui les a séparés de leur corps. Dans le désespoir où ils sont, ils appellent à leur secours une mort qui puisse éteindre tout sentiment et toute connaissance en eux; ils demandent aux abîmes de les engloutir, pour se dérober aux rayons vengeurs de la vérité qui les persécute; mais ils sont réservés à la vengeance, qui distille sur eux goutte à goutte, et qui ne tarira jamais. La vérité qu'ils ont craint de voir fait leur supplice[1]; ils la voient, et n'ont des yeux que pour la voir s'élever contre eux; la vue les perce, les déchire, les arrache à eux-mêmes. Elle est

[1] Cf. Perse, sat. III, v. 38 :
Virtutem videant intabescantque relicta.

comme la foudre; sans rien détruire au-dehors, elle pénètre jusqu'au fond des entrailles. Semblable à un métal dans une fournaise ardente, l'âme est comme fondue par ce feu vengeur ; il ne laisse aucune consistance, et il ne consume rien; ils dissout jusqu'aux premiers principes de la vie, et on ne peut mourir. On est arraché à soi ; on ne peut plus trouver ni appui ni repos pour un seul instant ; on ne vit plus que par la rage qu'on a contre soi-même, et par une perte de toute espérance qui rend forcené[1]. » Fénelon, comme on voit, n'a pas besoin, pour effrayer l'homme et le retenir sur la pente du crime, de le menacer d'une soif éternelle, de flammes dévorantes, d'une pluie glacée, de morsures de serpents, d'une lèpre hideuse, des griffes des démons. Il s'adresse, dans sa description, à des esprits d'une culture plus élevée; le spiritualisme de son tableau est à son honneur et à celui de son siècle.

Combien les coupables ne souffrent-ils pas de la vue de leur propre cœur, ennemi des dieux ! Leur conscience s'élève contre eux; les Furies se contentent de les livrer à eux-mêmes. Aux rois condamnés pour avoir abusé de leur puissance, elles présentent, d'un côté, un miroir où ils contemplent avec horreur toute la difformité de leurs vices ; d'un autre côté, un miroir où ils se voient tels que la flatterie les a dépeints ; et l'apparition de ces deux tableaux si contraires est le châtiment de leur vanité. A l'aspect de ce lieu de tourment, nous sentons, comme Télémaque, une montagne sur notre poitrine, et la consternation nous fait éprouver quelque chose du désespoir des malheureux du Tartare. Mais quel n'est point notre ravissement, quand au tableau d'inénarrables douleurs succède celui des joies ineffables de l'Elysée ! « Une lumière pure et douce se répand autour du corps de ces hommes justes, et les environne de ses rayons comme d'un vêtement. Cette lumière n'est point semblable à la lumière sombre qui éclaire les yeux des misérables mortels, et qui n'est que ténèbres : c'est plutôt une gloire céleste qu'une lumière; elle pénètre plus subtilement les corps les plus épais que les rayons du soleil ne pénètrent le plus pur cristal. Elle n'éblouit jamais; au

[1] *Télémaque*, XIV, p. 111.

contraire, elle fortifie les yeux et porte dans le fond de l'âme je ne sais quelle sérénité. Ils la voient, ils la sentent, il la respirent; elle fait naître en eux une source intarissable de paix et de joie; ils sont plongés dans cet abîme de joie, comme les poissons dans la mer. Ils ne veulent plus rien; ils ont tout sans rien avoir, car ce goût de lumière pure apaise la faim de leur cœur; tous leurs désirs sont rassasiés, et leur plénitude les élève au-dessus de tout ce que les hommes vides et affamés cherchent sur la terre... Une jeunesse éternelle, une félicité sans fin, une gloire toute divine est peinte sur leur visage; mais leur gloire n'a rien de folâtre ni d'indécent; c'est une joie douce, noble, pleine de majesté; c'est un goût sublime de la vertu et de la vérité qui les transporte[1], etc. » Comment ne pas rapprocher, de cet admirable passage, le magnifique discours de Diotime, à la fin du *Banquet* de Platon? Fénelon éprouve l'enthousiasme de l'étrangère de Mantinée, quand elle représente l'âme parvenue au dernier degré de l'initiation dans les mystères de l'amour, et contemplant « la beauté éternelle, non engendrée ni périssable, exempte de décadence comme d'accroissement, » quand elle s'écrie : « O mon cher Socrate, ce qui doit donner du prix à cette vie, c'est le spectacle de la beauté éternelle [2]! »

[1] *Télémaque*, XIV, p. 112. — [2] Platon, *le Banquet*, vol. VI, p. 316, 317 : Le discours de Diotime était sans doute présent à l'esprit de Fénelon, quand il peignait le bonheur des justes aux Champs-Elysées. Voici ce que nous lisons danr ses *Instructions et avis sur divers points de la morale et de la perfection chrétienne*, ch. XIX : « Platon fait dire à Socrate, dans son Festin, « qu'il y a quelque chose de plus divin dans celui qui aime que dans celui qui est aimé. » Voilà toute la délicatesse de l'amour le plus pur. Celui qui est aimé, et qui veut l'être, est occupé de soi; celui qui aime sans songer à être aimé a ce que l'amour renferme de plus divin, je veux dire le transport, l'oubli de soi, le désintéressement...

» Il est aisé de voir que Platon parle d'un amour du beau en lui-même, sans aucun retour d'intérêt. C'est ce beau universel qui enlève le cœur, et qui fait oublier toute beauté particulière. Ce philosophe assure, dans le même dialogue, que l'amour divinise l'homme, qu'il l'inspire, qu'il le transporte..... Voilà, suivant Platon, ce qui fait de l'homme un dieu : c'est de préférer par amour autrui à soi-même, jusqu'à s'oublier, se sacrifier, se compter pour rien. Cet amour est, selon lui, une inspiration divine, c'est le beau immuable qui ravit l'homme à l'homme même, et qui le rend semblable à lui par la vertu.....

Fénelon soulève, pour ainsi dire, le voile qui cache la paix et la félicité céleste à nos regards mortels et impuissants. Tel est le prix qu'il espère pour les grandes vertus. En le faisant rayonner à nos yeux, il semble qu'il donne des ailes à notre âme. Il montre que l'homme a en lui quelque chose de plus noble que le corps, et qui est exempt de la corruption ; que ce qui reste de l'homme, après cette vie, est un être véritablement heureux, et qu'il y a, au-delà de ce monde, une solide récompense pour la vertu toujours souffrante ici-bas. Combien l'écrivain qui avait ainsi conçu l'Elysée chrétien n'était-il point fondé à trouver tant à dire contre celui de Virgile ? Le génie antique n'eût pu imaginer cette extase de la charité et de l'amour ; car la récompense que Fénelon promet aux justes, c'est le pur amour, qui déterminait ses élans vers Dieu, et dans lequel il instruisait si heureusement les âmes d'élite à faire des progrès ; ses *Lettres spirituelles,* en effet, mettent en relief tout son penchant et sa vocation pour la direction intérieure et les mystères délicats de la piété. L'âme, dans l'état de la plus haute perfection, n'a plus, selon lui, d'intérêt propre, ou de propriété d'amour ou d'intérêt. Il n'y a que les sens et les passions du corps qui amortissent nos opérations, en cette vie, à l'égard de Dieu, quand notre volonté tend uniquement vers lui.

La mort, qui rompt tous nos liens, nous met dans l'entière liberté de voir et d'aimer, qui est la suprême béatitude. « O mon Dieu, s'écrie-t-il, si les hommes savaient ce que c'est que vous aimer, ils ne voudraient plus d'autre vie et d'autre joie que votre amour[1] ! Qui ne se réjouirait pas dans la vallée des larmes même, à la vue de cette joie céleste et éternelle ? Souffrons, espérons, réjouissons-nous[2] ! »

En faisant ces réflexions, nous touchons à la question du quié-

» Platon dit souvent que l'amour du beau est tout le bien de l'homme, que l'homme ne peut être heureux en soi, et que ce qu'il y a de plus divin pour lui, c'est de sortir de soi par l'amour ; et, en effet, le plaisir qu'on éprouve dans le transport des passions n'est qu'un effet de la pente de l'âme pour sortir de ses bornes étroites, et pour aimer hors d'elle le beau infini, » etc. (V. *Œuvres de Fénelon,* tome I, p. 332 et 333.)

[1] Lettre au duc de Bourgogne, tome III, p. 567. — [2] Lettre au marquis de Fénelon, 10 avril 1713 ; lettre 301.

tisme, qui est le fond même de l'âme de Fénelon, âme sublime, mais voisine de la chimère. Le pur amour, ce pourra être l'état de l'âme au-delà de ce monde; sur cette terre, c'est le rêve d'une âme généreuse, mais un rêve plein de dangers. Aussi, Mme de Sévigné avait-elle raison de dire : « Que l'on m'épaississe un peu plus la religion. »

Il y a de curieux rapprochements de texte à faire entre cette partie du *Télémaque* et certains passages des œuvres théologiques et polémiques de Fénelon ou de ses *Lettres spirituelles*. En voici quelques-uns :

Télémaque.

Une lumière douce et pure pénètre *les rois*, et s'incorpore à eux comme les aliments s'incorporent à nous; elle fait naître en eux une source intarissable de paix et de joie; ... je ne sais quoi de divin coule sans cesse au travers de leurs cœurs, comme un torrent de la divinité même qui s'unit à eux.

Explication des maximes des saints.

Les noces spirituelles unissent immédiatement l'époux à l'époux ... par cet amour tout pur... Alors Dieu et l'âme ne sont plus qu'un même esprit... Celui qui adhère à Dieu est fait un même esprit avec lui... L'âme y est dans un rassasiement et une joie du Saint-Esprit qui n'est qu'un germe de béatitude céleste [1].

Telémaque.

Ils (les rois) ne veulent plus rien; ils ont tout sans rien avoir; car le goût de la lumière pure apaise la faim de leur cœur; leurs désirs sont rassasiés, etc.

Explication des maximes des saints.

Il faut que l'amour soit bien puissant, puisqu'il se soutient lui seul, sans être appuyé d'aucun plaisir ni d'aucune prétention [2].

Télémaque.

Ils *chantent les louanges des dieux,* et ils ne font tous ensemble qu'une seule voix, une seule pensée, un seul cœur. Une même félicité fait comme un flux et un reflux dans ces âmes unies.

Lettres de Fénelon.

Oh! que nous verrons de merveilles dans l'autre vie, qui nous échappent en celles-ci! Alors *nous chanterons le cantique de joie et de reconnaissance éternelle* [3].

Oh! que nous serons heureux, si nous sommes un jour tous ensemble devant Dieu, ne nous aimant plus que de son seul amour, ne nous réjouissant plus que de sa seule joie [4]!

[1] Art. XLI, tome II, p. 36. — [2] Art. XXI, p. 25. — [3] Au duc de Chevreuse, tome I, p. 537. — [4] Au marquis de Fénelon, tome III, p. 703.

C'est à l'image qu'il se forme du pur amour, que Fénelon doit les plus grandes beautés du XIVe livre du *Télémaque*. Par ces beautés, il atteste la puissance créatrice de son génie. Avant lui, les poètes avaient réussi dans la peinture des tourments de l'Enfer, mais beaucoup moins dans celle des joies du Paradis. Fénelon n'excite pas seulement, mais il satisfait encore l'ardent désir de la pensée, laissant ainsi derrière lui Virgile, et même Dante.

Il semblait que Fénelon eût donné, de l'Enfer et du Paradis, une description définitive, et de nature à désespérer ceux qui viendraient après lui, de traiter heureusement le même sujet. Cependant Chateaubriand, dans *les Martyrs,* l'a tenté. Mais qu'il y a loin entre ses peintures et celles de Fénelon? Nous ne sommes pas satisfait du bonheur de ses élus, qui, ayant encore les nobles passions des hommes, sont dans l'état d'un mortel « qui vient de faire une action vertueuse ou héroïque, d'un génie sublime qui enfante une grande pensée, d'un homme qui sent les transports d'un amour légitime [1]; » en effet, quelles que soient les joies de la terre, nous ne les goûtons jamais pures :

..... Medio de fonte leporum
Surgit amari aliquid, quod in ipsis floribus angit [2].

Quant aux peines de l'Enfer, Chateaubriand n'en décrit qu'une pâle image. Désespérant, sans doute, d'être neuf dans cette peinture, après Virgile, Dante, Milton et Fénelon, il se contente d'ajouter aux damnés des autres poètes le mauvais riche et le mauvais pauvre, et de résumer, en quelques traits, la nature des supplices.

Le chrétien, qui apparaît si souvent dans le *Télémaque,* parle encore par la bouche d'Arcésius. Anchise, lui, flatte l'orgueil d'Enée en lui prédisant les vertus et les exploits de ses descendants; Arcésius inspire à Télémaque la modestie et l'humilité. « La vie est courte, disait le poète romain, hâtons-nous d'en jouir [3]. » « La vie est courte, dit le chrétien, il faut donc se préparer à mourir. » Telle est la morale de l'éloquent discours d'Arcésius sur la brièveté de la vie : « Ne compte jamais, mon

[1] *Les Martyrs,* III. — [2] *Lucrèce,* IV, v. 1126-7. — [3] Horace, passim.

fils, sur le présent, mais soutiens-toi dans le sentier rude et âpre de la vertu, par la vue de l'avenir. Prépare-toi une place dans cet heureux séjour de la paix. » Le vieillard, montrant à Télémaque les rois de l'Elysée, et lui apprenant ce qui manque à quelques-uns pour acquérir la parfaite félicité, l'invite encore à se défier de lui-même.

Le *Télémaque* est une des plus belles tentatives de conciliation de l'esprit antique et de l'esprit chrétien. Le paganisme, à son plus haut degré de perfection morale, avait produit le stoïcisme, et, par ses doctrines sur l'esclavage, entrevu les devoirs de l'homme avec ses semblables. Fénelon donne à ces devoirs tout leur prix en égalant tous les hommes par la religion, et en montrant, dans celui qui commande et dans celui qui obéit, deux êtres qui, aux yeux de Dieu, ont la même valeur, et dont le plus grand selon le monde doit effacer, par la charité, la distance qui le sépare du plus petit. Télémaque, Philoclès, ne se regardent pas seulement dans leur condition extérieure, dans le temps et dans le lieu où ils vivent; ils découvrent encore les mystères de leur âme, et, si je puis dire, de leur intérieur. Le christianisme leur fait connaître leur nature tout entière et les agrandit à leurs propres yeux. Ils lisent dans leur cœur par la science qu'Erasme appelait si justement la *philosophie chrétienne,* et qui enseigne les rapports de l'homme avec Dieu dans la religion, de l'homme avec son semblable dans la société chrétienne.

Ainsi, Fénelon, comme Corneille et Racine, complète, pour ainsi dire, l'homme antique, en faisant pénétrer en lui la lumière du christianisme. Le beau vers de la tragédie d'Horace :

Faisons notre devoir et laissons faire aux dieux,

exprime une idée chrétienne dissimulée sous le pluriel du mot *dieux.* Le citoyen de la vieille Rome ne pensait pas ainsi ; cette résignation ne convenait pas à son sentiment de résistance héroïque. Contemplez, dans Racine, les luttes de l'âme qui se combat dans le silence, la résignation de Monime, la douce tendresse de Junie, la passion étouffée de Bérénice et de Titus ? Tout en imitant les anciens, Fénelon, comme la plupart des auteurs du dix-septième siècle, est créateur, quand l'éducation chrétienne lui inspire les traits sublimes qui tiennent aux passions, à l'étude du cœur, à la conception du beau moral. Ses héros, encore une fois, ne sont pas de vrais Grecs ; mais comment ne pas admirer la haute philosophie qui préside à cette conception nouvelle de l'homme se restituant en quelque sorte sa propre grandeur ?

Nous avons vu la part de l'esprit chrétien dans le *Télémaque*. Il corrige les dieux de la Grèce et de Rome ; il anime et élève plus d'un personnage, et principalement Télémaque ; enfin, il crée des merveilles dans la peinture du Paradis et de l'Enfer.

IV.

De la morale du *Télémaque*. — De la politique du *Télémaque*; en quoi elle diffère de la politique tirée de l'*Ecriture sainte*, de Bossuet. — Rapprochement entre l'abbé de Saint-Pierre et Fénelon.

Le *Télémaque* renferme les principes de morale répandues dans les *Fables* de Fénelon et dans sa *Correspondance*, mais surtout dans ses *Dialogues des morts*, et dans l'*Examen de conscience sur les devoirs de la royauté*, qu'un critique a appelé l'abrégé de la sagesse et le catéchisme des princes [1]. Cette morale s'adresse en même temps à l'homme et au roi. C'est pourquoi, si modeste que soit le rôle que nous avons à remplir, la condition où la Providence nous a placés, nous pouvons, comme les princes, en faire notre profit.

La sagesse à laquelle nous convie Fénelon n'a rien d'austère ni d'affecté; « elle sait mêler les jeux et les ris aux occupations graves et sérieuses ...; elle n'a point de honte d'être enjoué quand il le faut [2]. » Il connaît la faiblesse humaine; il sait que les plus sages même ont plus d'une fois commis de grandes fautes, et doivent, par suite, être indulgents pour les autres hommes. C'est surtout pendant la jeunesse, temps de folie et de fièvre ardente, que l'homme cède au torrent des passions, dont, faute d'expérience, il ne prévoit pas les suites pernicieuses; mais, en se corrigeant, il se relève. « Je n'ai garde, dit Mentor à Télémaque, de vous reprocher la faute que vous avez faite; il suffit que vous la sentiez, et qu'elle vous serve une autre fois à être plus modéré dans vos désirs [3]. » Ministre d'une

[1] La Harpe, *Eloge de Fénelon*, p. 422. — [2] *Télémaque*, VII, p. 47. — [3] *Id.*, I, p. 4.

religion qui console et qui pardonne, Fénelon n'est pas sévère au mal qu'expie le repentir, et qui sert ensuite d'utile leçon. Ses conseils, ses reproches, sont pleins de douceur, de tendresse et de bonté. Aussi, combien n'instruisent-ils pas Télémaque à se défier de lui-même, à mépriser la magnificence et les trompeuses douceurs de la volupté, à fuir la présomption et la vanité; à être patient et courageux dans l'adversité, prudent et humble dans la prospérité; à préférer la mort au mensonge, à la fraude, à l'hypocrisie, à la trahison; à compatir aux infortunes de ses semblables; à se soumettre avec résignation aux épreuves que lui envoie le ciel pour l'amender; à aimer la patrie plus qu'un père et qu'une mère; et, par-dessus tout, à ne jamais oublier les dieux! Car les hommes courent un grand péril : celui de rapporter leurs vertus à eux-mêmes, et non à Dieu, qui les leur a données.

De là, la nécessité d'adorer Dieu et de lui rendre grâces pour les bienfaits qu'il nous accorde; de l'avoir sans cesse présent dans notre cœur, et de nous fortifier ainsi dans la voie du bien. C'est pour son ingratitude envers le Ciel, que le philosophe que Fénelon place dans les Enfers est en proie au trouble, à la honte, au remords et au désespoir. Sa vertu, sur la terre, n'était qu'un orgueil impie et aveugle; il était lui-même son idole.

Ces devoirs sont communs à tous les hommes; mais il en est de particuliers aux rois. En les traçant, Fénelon ne perd pas de vue le but que l'on doit se proposer dans le gouvernement des peuples. « Ce but unique et essentiel est de ne jamais vouloir l'autorité et la grandeur pour soi; car cette recherche ambitieuse n'irait qu'à satisfaire un orgueil tyrannique; mais on doit se sacrifier, dans les peines infinies du gouvernement, pour rendre les hommes bons et heureux[1]. » Donc, le roi ne s'inspirera que de son affection pour ses sujets, dût-il n'attendre d'eux aucune reconnaissance, et du dévouement le plus absolu à leurs intérêts. Il les aimera comme ses enfants, et goûtera le plaisir d'être aimé d'eux; il exercera la justice en faveur du pauvre contre le riche, aura de l'humanité pour les étrangers, qui sont

[1] *Télémaque*, XVIII, p. 141.

ses frères, et de l'estime pour les hommes vertueux; il ne sera ni d'un abord difficile, ni avare, ni soupçonneux, ni cruel; il n'abusera jamais de sa puissance, il se laissera gouverner par les lois, car « ce sont elles, et non l'homme qui doit régner; » il récompensera et aimera les bons, et se servira même quelquefois des méchants, faute de pouvoir les éloigner complètement sans tout bouleverser, mais pour les rendre peu à peu inutiles, ou les ramener insensiblement au bien; il ne condamnera ni ne punira par prévention; il sera indulgent sans faiblesse.

Toujours en garde contre les fautes qui, en le perdant, perdraient son peuple, il aimera la paix, sans néanmoins ignorer l'art de faire justement et à propos la guerre; il protégera son royaume par la modération et la bonne foi à l'égard des nations voisines; il bannira de sa cour le faste et le luxe, au profit des arts utiles et de l'agriculture; il craindra la flatterie, le plus terrible fléau des cours, et préférera les ministres sincères à ceux qui, par intérêt, fermeraient les yeux sur ses fautes.

A ces principes généraux de morale, Fénelon en ajoute quelques-uns de particuliers, que lui suggère l'observation des mœurs de son siècle. Louis XIV, soit pour récompenser ses officiers, soit pour établir des jeunes filles auxquelles il s'intéressait, faisait souvent des mariages de sa propre autorité; il avait mis en servitude et banni ensuite, par une injuste proscription, la religion réformée; il jugeait des procès entre particuliers. Aussi Fénelon prescrit-il au roi de ne point peser sur les parents pour leur faire donner la main de leurs filles aux nobles qui l'ont suivi dans ses guerres, de ne point se mêler des choses sacrées, enfin, de ne point juger les causes particulières.

Combien n'est pas lourde la responsabilité des rois! Nous connaissons les vraies maximes par lesquelles ils doivent gouverner pendant la paix; écoutons celles qu'ils doivent observer pendant la guerre! Car il est des cas où la guerre devient nécessaire et légitime; par exemple, quand Adraste va, par sa puissance, réduire les peuples d'alentour en servitude; mais il faut gémir des maux qu'elle entraîne. Donc, à supposer que le prince ait le droit de repousser par les armes un voisin trop puissant, il ne croira pas que tous les moyens soient bons pour s'assurer la victoire; il ne dira point, comme le héros antique :

..... Dolus, an virtus, quis in hoste requirat[1] ?

Il triomphera, non par le mensonge ni la fraude, mais par la valeur ; il ne se servira ni des transfuges ni des traîtres ; car, en autorisant la perfidie par son exemple, il mériterait qu'elle se tournât contre lui ; il ne fera aux ennemis que les maux nécessaires pour se garantir de ceux qu'ils lui préparent et les réduire à une juste paix ; se souvenant que ses ennemis sont toujours hommes, s'il est lui-même vraiment homme, il aura pitié des vaincus et se conciliera leur amitié par des marques de bienveillance et de générosité ; enfin, il respectera les traités conclus avec eux.

Fénelon, qui prépare à régner le petit-fils de Louis XIV, combat avec le plus d'énergie l'ambition, l'orgueil et l'abus du pouvoir, le goût de la flatterie et le luxe, dont l'exemple corrompt les âmes les plus pures par la passion d'acquérir. Le roi qui veut de la gloire ne la cherchera que dans l'application à faire du bien, à être, comme dit Homère, le pasteur de ses peuples[2].

Avant que le prince soit digne de commander, que de luttes, que de combats à soutenir contre lui-même, contre les mauvais instincts qui se réveillent si souvent dans son cœur ! Aussi faut-il qu'un roi soit philosophe, non à la manière de celui de Platon, qui vit toujours au sein du beau, du saint et du juste, qui connaît les exemplaires éternels des choses et n'a de commerce qu'avec les objets pleins de calme et d'harmonie dont se compose le monde intelligible[3], mais philosophe pour se bien connaître lui-même, apprendre à se vaincre, et donner l'exemple de la modération. « Un des plus grands malheurs qui pourraient vous arriver, disait Fénelon à son élève, serait d'être le maître des autres dans un âge où vous l'êtes encore si peu de vous-même[4]. » Un autre condition pour faire un vrai roi, c'est qu'il ait passé par bien des épreuves, car quel est l'homme qui peut

[1] Virgile, *Enéide*, II, p. 390. — [2] *Iliade*, I, 263. — [3] Platon, *Républ.*, V et VI, passim. — [4] *Examen de conscience*, tome II, p. 335.

compatir aux maux des autres, s'il n'a jamais souffert ni profité des souffrances où ses fautes l'ont précipité?

Non ignara mali, miseris succurrere disco [1].

« Quand tu seras le maître des hommes, dit une voix mystérieuse à Télémaque, souviens-toi que tu as été faible, pauvre et souffrant comme eux; prends plaisir à les soulager; aime ton peuple ..., et sache que tu ne seras grand qu'autant que tu seras modéré et courageux pour vaincre tes passions [2]. » Toujours le malheur paraît à Fénelon une école sévère et douloureuse, mais utile. Il écrit au duc de Bourgogne, qui éprouve des mécomptes dans sa campagne de Flandre : « Il manque beaucoup à tout homme, quelque grand qu'il soit d'ailleurs, qui n'a jamais senti l'adversité. Le Sage dit: Celui qui n'a pas été tenté, que sait-il [3]? » Il écrit au marquis de Seignelay : « Je conçois que Dieu vous aime en vous frappant, et je suis persuadé que dans la suite vos maux seront de très-grands biens [4]. » Consolation touchante, qui est un écho de celle du Christ : « Bienheureux ceux qui pleurent, car ils seront consolés. »

Malheur donc à qui ne cherche dans la royauté que la satisfaction de ses passions! Le bon prince doit se donner tout à tous, en songeant que Dieu lui demandera un compte sévère de sa conduite. La récompense de ses vertus sera glorieuse; le châtiment de ses crimes, terrible. Et quoi de plus propre à nous pénétrer de cette vérité, que les sombres couleurs que répand Fénelon sur le tableau du supplice des rois coupables dans le Tartare, que la riante et sublime peinture de la félicité des rois justes dans les Champs-Élysées?

La morale de Fénelon n'est que l'expression du sentiment qui lui inspire des vœux si constants pour le bonheur des peuples et de l'humanité. Qu'on ne croie pas, du reste, qu'il n'aimât à ce point les hommes que parce qu'il ne les connaissait point. Il ne se faisait pas d'illusion sur ce qu'ils valent, et il savait qu'il ne faut pas compter sur leur reconnaissance. Aussi bien, comment

[1] Virgile, *Enéide,* I, 630. — [2] *Télémaque,* II, p. 9. — [3] Tome III, p. 603. — [4] Lettre 48, tome III.

ne seraient-ils pas « ingrats pour des princes qui ne les ont jamais exercés qu'à l'injustice, qu'à l'ambition sans bornes, qu'à la jalousie contre leurs voisins, qu'à l'inhumanité, qu'à la hauteur, qu'à la mauvaise foi[1] ? » Quoique Fénelon eût passé une grande partie de sa vie dans la retraite, il n'avait pas laissé de voir les ennuis, les vicissitudes, les passions du monde ; il avait longtemps observé la cour de près. N'est-il pas remarquable, du reste, que nous devions les meilleurs ouvrages du siècle de Louis XIV, ceux qui nous révèlent le plus les secrets du cœur humain, à des écrivains qui avaient souvent vécu dans la solitude ? La littérature de cette grande époque prouve combien les habitudes de la vie chrétienne avaient donné de goût pour les spectacles intimes de l'âme et la connaissance de soi-même. Fénelon, lui, avait longtemps observé le combat des passions en lui-même et dans les autres. Et quel secours ne trouvait-il pas, pour la science du cœur humain, dans la confession ? Quel progrès ne dût-il pas faire, comme Bossuet, comme Massillon, dans l'étude de l'homme, en recueillant les aveux des consciences tourmentées ?

En servant les hommes, il ne faut pas, dit-il, compter sur eux, même sur les meilleurs. Plus d'une fois il le répète, d'un accent singulièrement pénétré, au duc de Bourgogne. « Il faut compter sur l'ingratitude des hommes, et ne laisser pas de leur faire du bien. Il faut les servir, moins pour l'amour d'eux que pour l'amour des dieux qui l'ordonnent[2]. » Parfois l'expérience de Fénelon est, comme on voit, proche de l'amertume ; mais cette amertume s'adoucit aussitôt, pour faire place à la bonté et à l'indulgence. Il faut, écrit-il au marquis de Fénelon, « voir sans cesse Dieu à travers les hommes, comme le soleil à travers des vitres fragiles. »

Les rois, tels que les demande Fénelon, ne sont pas nombreux dans l'histoire des nations ; au-dessus de tous, rayonne l'héroïque et pieuse figure de saint Louis, dont le modèle, selon l'auteur du *Télémaque*, devrait être toujours sous les yeux

[1] *Télémaque*, XVIII, p. 144. — [2] *Id.*

des princes, à cause de son esprit de foi, de son intrépidité à la guerre, de sa décision dans les conseils, de la noblesse de ses sentiments, de sa modestie, de sa douceur; qui suivait en tout, comme un père, les véritables intérêts de la nation; qui voyait tout de ses propres yeux dans les affaires principales; qui était appliqué, prévoyant et modéré, droit et ferme dans les négociations; qui fut, en un mot, le prince le plus sage pour policer les peuples et pour les rendre tout ensemble bons et heureux[1]. » Il est peu de princes qui aient ressemblé à saint Louis. Mais Fénelon a glorieusement marqué le but aux rois et excité les dépositaires du pouvoir à s'en rapprocher le plus qu'il est possible. Son livre a éclairé les âges suivants sur les vrais principes du bonheur des Etats, et s'il a été accueilli avec tant de faveur au dix-huitième siècle, c'est qu'il répondait à ses instincts d'amélioration dans le gouvernement des sociétés.

L'immense majorité du public, en France, désirait manifestement que le gouvernement, après Louis XIV, marchât dans le sens des idées de Fénelon. Dans une circonstance particulière, Philippe d'Orléans lui-même rendit un éclatant hommage au *Télémaque*. On avait arrêté qu'au conseil de régence tout se déciderait à la pluralité des voix[2]. Philippe fit observer que cela se pouvait pratiquer pour la décision des affaires, mais non pour la collation des grâces; qu'en cette matière, il avait besoin d'une entière liberté. « Je veux être libre de récompenser, dit-il; quand il s'agira de punir, j'en reviendrai à la pluralité des voix. » Et, rappelant adroitement une phrase du *Télémaque*, il ajouta : « Je veux être libre pour le bien, et avoir les mains liées pour le mal[3]. » On regrette qu'il n'ait pas plus souvent rendu hommage, dans sa conduite, à la morale du *Télémaque*.

Qu'il y a loin, en effet, entre les principes d'un Machiavel et ceux d'un Fénelon ! L'un sacrifie la passion au devoir, et le bien particulier au bien général; l'autre sacrifie tout à l'intérêt et à la passion du prince. Pour celui-là, tous les moyens de gouvernement sont bons; l'astuce surtout et la violence, qui se font mal-

[1] Cf. *Lettre* 140, au duc de Bourgogne. — [2] Cf. Godefroy, *Hist. de la litt. franç.*, II, p. 31. — [3] Cf. *Télémaque*, V, p. 26.

heureusement assez de place dans les affaires humaines, sans que la science ait besoin de les couvrir de son autorité. Pour celui-ci, point d'autres moyens que ceux que permettent la justice et la religion ; défense même de recourir à des mesures illégitimes contre un ennemi qui les emploie contre vous.

En effet, l'Etat, comme l'individu, a un but sacré et divin, vers lequel les peuples doivent tendre et les gouvernements les conduire. Les fautes des peuples et des gouvernements, de même que les fautes des hommes, n'altèrent en rien la vérité première, toujours présente, qui éclaire et qui condamne, qui oblige et qui punit. La politique unie à la morale montre, au-dessus de ce qui est, ce qui doit être ; l'alliance de l'une et de l'autre est indispensable au progrès. Elle ne permet pas d'oublier que tout n'est pas pour le mieux dans le meilleur des mondes possibles, que la société ne doit pas trop se complaire dans ses imperfections, et prendre ses maladies pour le signe de la santé.

Pour la vraie politique, toutes les choses ne valent qu'autant qu'elles sont justes ; elle regarde, comme le meilleur ressort des Etats, la vertu, qui fait de bons citoyens et assure la durée des empires, qui rend la liberté possible et le pouvoir sans danger. Au contraire, la politique affranchie de la morale ne voit rien au-delà des faits présents et des choses telles qu'elles sont dans un temps donné. Frappée de la différence qui existe entre la manière dont les hommes vivent et celle dont il faudrait qu'ils vécussent, elle néglige ce qu'*elle devrait faire* pour suivre *ce qui se fait*. Selon elle, le prince sera dupe des autres hommes et des autres peuples, s'il agit autrement et mieux qu'eux ; il cherchera une excuse à sa faiblesse dans leur méchanceté, il sera indifférent aux moyens, pourvu qu'il arrive. A supposer qu'il reconnaisse une morale, il la sacrifiera à l'intérêt. Mais cette politique, qui se fonde sur la cruauté et sur la mauvaise foi, n'a même pas l'avantage d'affermir le pouvoir du prince. Il y a, au fond de la scélératesse, une bêtise suprême ; car l'homme injuste et violent s'enlace dans ses propres filets, et l'iniquité retombe presque toujours sur son auteur, comme le dit très-bien Lucrèce :

Circumretit enim vis atque injuria quemque,
Atque, unde exorta est, ad eum plerumque revertit[1].

Fénelon voit donc le lien de la morale et de la politique, et la subordination de l'une à l'autre. Mais la politique, pour être unie à la morale, n'en est pas moins distincte en elle-même; elle a aussi ses intérêts propres, ses moyens d'action, ses principes et sa fin. Il n'est point sans péril pour l'une ou l'autre de ces deux sciences qu'on les unisse trop étroitement. La morale est l'idéal de la politique. Si vous confondez cet idéal avec la politique même, vous arrivez à des conséquences fâcheuses pour l'individu et pour l'Etat. La société est, dans son sens le plus élevé, un commerce moral entre les âmes, mais il n'en est pas moins vrai qu'elle n'est d'abord qu'une union de forces rassemblées dans un intérêt commun. La politique doit s'occuper de la direction de ces forces, et le développement des richesses, comme la puissance d'un pays, est un de ses objets légitimes, quoique ce ne soit pas son unique objet.

C'est par cette confusion de la morale et de la politique que Platon dédaigne, dans sa *République,* la politique des grands citoyens d'Athènes, qui n'ont su que s'occuper d'arsenaux, de flottes, de marchés et de ports, comme si ces objets étaient de si peu de conséquence. N'est-ce point aussi par cette confusion que Fénelon, s'adressant au duc de Bourgogne et à Louis XIV, n'admet que des guerres justes, et, à l'égard des nations voisines, les mesures inspirées, non par l'intérêt des princes, mais par la fraternité humaine? Il condamne tout acte qui ne concourt pas au bien universel; il ne veut pas de forteresses qui mettent en défiance un peuple étranger, et qui, bien loin de garantir contre ses attaques, ne servent qu'à exciter son ressentiment et sa haine. De même que Mentor reproche à Idoménée d'avoir élevé des tours menaçantes contre les Manduriens, de même Fénelon blâme Louis XIV de conserver et de fortifier des places qui jettent l'inquiétude parmi les Hollandais[2]. Ne risque-t-il pas, en ne poursuivant que l'application de la pure morale, de compro-

[1] *De natura rerum,* V, v. 1151-52. — [2] *Lettre* à Louis XIV, tome III, p. 425.

mettre la puissance et l'intégrité de sa patrie? Ne se laisse-t-il point aller à l'esprit de chimère!

Fénelon était persuadé que l'humanité entrerait dans une ère de bonheur et de paix le jour où, dans les rapports des nations et des princes entre eux, règneraient la modération, la bonne foi, la justice, et il donnait ses avis sur le gouvernement comme si déjà se fût établi le règne de la raison et de la vertu. Malheureusement, ce bonheur, dont l'image brillait à ses yeux, n'était fondé que sur une espérance et sur un vœu. Il est triste de songer combien de fois, depuis Platon, qui aussi voyait l'idéal du gouvernement dans la raison, et depuis Fénelon, la force a primé le droit. Aussi, les hommes restant tels qu'ils sont, est-il difficile aux représentants du pouvoir, dans les divers Etats, de se renfermer dans les règles strictes de la morale de Fénelon. Un roi juste, modéré, de bonne foi, ne devient-il pas la dupe d'un voisin moins scrupuleux et impuissant à borner son ambition? Au point de vue seulement humain, n'aura-t-il pas à regretter, si je puis dire, de s'être trop attaché à des vertus méprisées au-delà de la frontière? Aussi, il est telle des maximes de Fénelon, comme celle qui regarde les forteresses et les places, que nous ne conseillerions point de suivre trop à la lettre.

Quand Fénelon composait le *Télémaque,* le règne de Louis XIV brillait encore d'un vif éclat. Le malheur n'avait encore guère appris au roi à connaître les bornes de sa puissance; il ne soupçonnait pas qu'il serait un jour réduit à accepter la loi de ces mêmes ennemis dont il avait triomphé tant de fois. L'archevêque de Cambrai, loin de prévoir lui-même les maux horribles qui devaient plus tard désoler la France, admirait peut-être encore, comme Bossuet, le bel ordre, la force et la splendeur de la monarchie. Il s'était borné à censurer, dans les dissertations de Mentor, les faiblesses générales des rois : l'amour du faste, la passion de la gloire, l'ambition des conquêtes, les usurpations injustes, le goût des plaisirs, la complaisance à l'adulation, l'ivresse du pouvoir; il avait voulu inspirer à un jeune prince des sentiments vertueux et des principes de justice, mais non donner, pour le présent du moins, un nouveau code de lois politiques, ni modifier la forme même du gouvernement. La politique du *Télémaque* est surtout morale ; elle est d'un homme sensible, doux, délicat, qui a vu de près la cour, ses inconvénients et ses abus, et qui en a souffert. Ceux qui l'ont exclusivement jugée par les agréables fictions de ce poème se sont trompés : les uns, y remarquant l'aversion du despotisme et le sentiment élevé de la liberté et de l'humanité, ont regardé Fénelon comme un républicain ; les autres, prévenus par les règlements de la petite colonie de Salente, pour un rêveur à imagination brillante.

Et d'abord, il n'attaque jamais, dans le *Télémaque,* la monarchie, et il l'accepte telle que le passé l'avait établie, sans songer encore à y apporter les tempéraments et les correctifs qu'il proposera dans la suite. Si les princes manquent trop souvent à leurs devoirs, c'est que les embarras de la souveraineté sont plus grands que ceux d'aucun autre état. « Quelque bons et quelque sages qu'ils soient, ils sont encore hommes, leur esprit a des bornes, et leur vertu en a aussi. Ils ont de l'humeur, des passions, des habitudes, dont ils ne sont pas tout-à-fait les maîtres. Ils sont obsédés par des gens intéressés et artificieux. La souveraineté porte avec elle toutes ces misères. L'impuissance humaine succombe sous un fardeau si accablant. Il faut plaindre les rois et les excuser... Pour parler franchement, les hommes sont fort à plaindre d'avoir à être gouvernés par des rois qui ne sont que des hommes semblables à eux, car il faudrait des dieux pour redresser les hommes ; mais les rois ne sont pas moins à plaindre, n'étant qu'hommes, c'est-à-dire faibles et imparfaits, d'avoir à gouverner cette multitude innombrable d'hommes corrompus et trompeurs [1]. » Les lois tolèrent quelquefois les fautes des particuliers : à combien plus forte raison n'est-il pas juste de souffrir patiemment les fautes des souverains et d'avoir égard à l'emploi considérable dont ils sont chargés ! Quelque criminels que soient les rois, nul n'a le droit de se révolter contre eux, si nous en croyons ces paroles de Narbal : « Pour moi, je crains les dieux ; quoi qu'il m'en coûte, je serai fidèle au roi qu'ils m'ont donné ; j'aimerais mieux qu'il

[1] *Télémaque,* X, p. 70.

me fît mourir que de lui ôter la vie, et même de manquer à le défendre[1]. » Ce roi, c'est Pygmalion, dont la tyrannie avare et soupçonneuse épouvante les Tyriens. Ici, Fénelon partage les données de la tradition sur les origines de la souveraineté : selon lui, la souveraineté vient de Dieu, qui se sert de désordres passagers pour accomplir son ordre éternel. Ce serait se révolter contre Dieu même que de se révolter contre les puissances qu'il a établies, quand même elles abuseraient de leur autorité.

Telle n'est pas la doctrine de saint Thomas d'Aquin, qui introduit une réserve dans le principe de saint Paul : *Omnis potestas a Deo*. Selon saint Thomas, tout pouvoir, pris en soi, vient de Dieu ; mais relativement *(secundum quid)*, il peut n'en pas venir : si l'usage en est injuste, ou si l'action qui l'a établi est injuste. Sans doute, un pouvoir injuste peut être permis par Dieu, comme un châtiment ; mais saint Thomas ne dit pas qu'il en soit toujours ainsi. Aussi reconnaît-il, à bon droit, selon nous, qu'il est des cas où il est permis de s'affranchir d'un pouvoir même légitime ; qu'à plus forte raison les sujets ont le droit de rejeter un pouvoir illégitime.

Dans le *Télémaque*, Fénelon impose deux freins au pouvoir royal : le premier, c'est le respect de la constitution, qui doit, selon lui, être écrite et sanctionnée par le consentement du peuple. « Il faut qu'un peuple ait des lois écrites, dit Socrate dans un *Dialogue des morts*[2], toujours constantes et consacrées par toute la nation ; qu'elles soient au-dessus de tout ; que ceux qui gouvernent n'aient d'autorité que par elles ; qu'ils puissent tout pour le bien, suivant les lois ; qu'ils ne puissent rien contre ces lois pour autoriser le mal. » Mentor pense de même. « Le roi peut tout sur les peuples ; mais les lois peuvent tout sur lui. Il a une puissance absolue pour faire le bien, et les mains liées dès qu'il veut faire le mal[3]. »

En second lieu, le roi craindra de violer la règle immuable et universelle des souverains, qui est l'amour du peuple, le bien public, l'intérêt général de la société. « Le prince peut tout sur

[1] *Télémaque*, III, p. 14. — [2] *Dial.* XVII, tome II, p. 566. — [3] *Télémaque*, V, p. 26.

les peuples, mais cette loi doit pouvoir tout sur lui[1]. » En d'autres termes, il règlera sa conduite sur la crainte de Dieu, « qui ne lui a confié ses enfants que pour les rendre heureux. » Comme il est homme, et, par cela même, sujet à se tromper, il consultera les gens incapables de le flatter et animés d'un véritable zèle pour le bonheur de l'Etat.

Jusqu'ici donc, point d'autre pouvoir modérateur que le respect des lois et de la religion, point d'assemblée fixe ou mobile à côté de la royauté. La grande innovation de Fénelon, dans le *Télémaque*, c'est de dire que les rois sont faits pour les peuples, et non les peuples pour les rois, et cela en face de l'idolâtrie monarchique de Louis XIV. Encore ne peut-on pas dire que cette maxime fût nouvelle pour le roi pendant tout le cours de son règne ; car, dans ses *Mémoires*, il s'inspire des meilleurs principes. En la gravant au fond du cœur du duc de Bourgogne, Fénelon ne croyait pas d'ailleurs préparer de réforme positive, et encore moins faire acte de philosophie et de démocratie, comme nous dirions : il ne faisait que remonter à la religion de saint Louis.

Lorsque la guerre de la succession d'Espagne eut accablé la France de malheurs inouïs, que les finances furent épuisées, l'agriculture abandonnée, le commerce anéanti, que, par suite de la mort du grand Dauphin, Louis XIV, presque octogénaire, parut sur le point de laisser le trône au duc de Bourgogne, qu'après la mort de celui-ci, un enfant fut à la veille d'hériter de la couronne, un groupe de citoyens honnêtes et dévoués à leur patrie, Bois-Guillebert, Beauvilliers, Chevreuse, Saint-Simon, Fénelon, Boulainvilliers, l'abbé de Saint-Pierre, cherchèrent des remèdes aux maux qui rendaient le présent si lugubre et l'avenir si menaçant. Tous désiraient des nouveautés : les uns, en vue de soulager les souffrances populaires, dont ils étaient profondément pénétrés, les autres, par des sentiments d'une nature bien différente et qui trahissaient une tendance aristocratique ou un esprit d'opposition. Fénelon, qui fut le plus en vue parmi ces auteurs de plans politiques, craignait un soulèvement du peuple,

[1] *Examen de conscience*, 2e supplément, tome III, p. 350.

car le roi accablait ses sujets, ne payait pas ce qu'il devait, continuait ses dépenses superflues, hasardait la France sans la consulter, et ruinait le royaume pour faire la guerre [1]. Il conçut, en ce moment critique et douloureux, un projet de réforme qu'il consigna dans les *Plans* de gouvernement, concertés avec le duc de Chevreuse, pour être proposés au duc de Bourgogne (1711), et, après la mort de ce jeune prince, dans les *Mémoires* sur les précautions à prendre dans l'éventualité d'un nouveau règne. Il avait déjà exprimé auparavant, dans ses conversations avec Jacques III [2], des vues sur la nécessité de donner un contre-poids à la monarchie absolue. L'Ecossais Ramsay, qui était venu l'interroger sur les doutes pénibles qui tourmentaient son âme, fut « nourri pendant plusieurs années de ses lumières et de ses sentiments [3], » et profita, comme il le dit lui-même, des instructions qu'il avait reçues pour écrire son *Essai philosophique sur le gouvernement civil,* où il traite de la nécessité, des formes différentes et des bornes de la souveraineté. C'est dans cet ouvrage qu'on peut déjà, avec discrétion toutefois, car l'auteur, jacobite, y exprime sans doute quelquefois des opinions personnelles, chercher les nouvelles vues politiques de Fénelon.

Et d'abord, Fénelon pense que, quels que soient les défauts d'un gouvernement depuis longtemps établi, comme il vient de Dieu, il n'est pas permis de le détruire ni même de le changer sans le concours de la puissance souveraine. La religion même ne peut être un prétexte d'insurrection; mais la nation peut toujours représenter ses griefs, « dans le cas d'une oppression universelle qui menace de ruine la république [4], » et il n'est jamais au-dessous de l'autorité souveraine d'écouter les plaintes respectueuses du peuple. Il n'y a point d'autre remède, quand l'affection des sujets est aliénée du prince, que de convoquer les Etats généraux, selon la coutume de France.

De toutes les formes de gouvernement, la monarchie héréditaire est la préférable, bien que, comme les autres, elle ait ses

[1] Lettre au duc de Chevreuse, 1710, tome III, p. 646. — [2] Voy. *Hist. de Fénelon,* tome II, et pièces justificatives du livre IV, 9°. — [3] *Essai sur le gouvernement civil,* préface, tome III, p. 353. — [4] *Id.*, XI, p. 368.

faiblesses et ses imperfections. Car l'unité du pouvoir assure l'union dans la société, la promptitude dans les conseils, l'exactitude dans le commandement militaire. Dans l'aristocratie, au contraire, et dans la démocratie, si des deux classes qui forment toujours et partout la société, celle des riches gouverne toute seule, l'autre est opprimée. Aussi faut-il une puissance supérieure à ces deux ordres, qui les tienne dans de justes bornes. « La royauté est comme le point d'appui d'un levier, qui, en s'approchant de l'une ou de l'autre de ses extrémités, les tient dans l'équilibre[1]. » Mais comme il est impossible qu'un homme juge tout par lui seul, le roi doit s'éclairer d'une assemblée tirée de l'aristocratie, dont les membres soient fixes et non électifs, et qui partage avec lui, non la puissance souveraine, mais le pouvoir législatif. Les sénateurs seront tous moins que le roi, et ne pourront rien sans lui. Le roi pourra tout, au contraire, excepté de faire des lois. Ainsi se trouveront réunies la sagesse et la puissance.

Ce n'est pas tout, le peuple, qui n'est point en état de faire des lois, ne sera pas exclu du gouvernement. Sans doute, le peuple ne doit point partager le pouvoir législatif; car, aussitôt qu'il entre en partage, il tire tout à lui, et l'Etat est bientôt réduit au despotisme de la populace. Mais ce qui est du droit du peuple, c'est de voter lui-même les subsides extraordinaires que le prince veut lever sur lui. « Je ne parle pas, dit Fénelon, des revenus annuels et réglés, qui sont absolument nécessaires pour le soutien de l'Etat et de la royauté : ce sont des prérogatives inaliénables de la couronne, que les rois ont toujours le droit d'exiger. Je ne parle que des subsides extraordinaires, nouveaux et passagers[2]. »

Examinant les limites de la souveraineté, Fénelon les trouve dans ce que le siècle suivant aurait appelé les droits naturels de l'homme. Il distingue trois pouvoirs dans l'exercice de l'autorité : pouvoir sur les actions, pouvoir sur les personnes, pouvoir sur les biens. Or, ces trois pouvoirs ne doivent s'exercer que selon une loi fondamentale : le bien public. La loi naturelle ordonnant

[1] *Essai*, c. XV, p. 384. — [2] *Id.*, p. 385.

à chacun de se sacrifier à tous, le prince ne doit jamais agir dans son propre intérêt, mais dans celui de tous. Aussi n'a-t-il de pouvoir que sur les actions, et non pas sur la volonté intérieure de ses sujets. « Nul souverain ne peut, par exemple, exiger la croyance intérieure de ses sujets sur la religion. Il en peut empêcher l'exercice public ou la profession ouverte de certaines formules, opinions ou cérémonies qui troubleraient la paix de la république par la diversité et la multiplicité des sectes; mais son autorité ne va pas plus loin [1]. » Même doctrine dans le *Télémaque*, où Mentor dit : « La religion vient des dieux ; elle est au-dessus des rois. Si les rois se mêlent de la protéger, ils la mettront en servitude. Les rois sont si puissants, et les autres hommes sont si faibles, que tout sera en péril d'être altéré au gré des rois, si on les fait entrer dans des questions qui regardent les choses sacrées. Laissez donc en pleine liberté la décision aux amis des dieux, et bornez-vous à réprimer ceux qui n'obéiront pas à leur jugement, quand il aura été prononcé [2]. » Cette doctrine est une des plus justes du *Télémaque*, et mérite particulièrement d'être relevée. Fénelon, en la proclamant, a bien mérité de l'humanité.

Tel est le fond du livre de Ramsay. Dans le *Télémaque*, Fénelon fixe d'autres limites à l'autorité. Il veut que le prince ne se mêle point du commerce, de peur de le gêner; « qu'il ne le gêne pas pour le tourner selon ses vues [3]. » Ceci est remarquable : c'est une nouvelle école économique qui commence. Cette opinion est partagée plus ou moins complètement par le groupe d'esprits dont nous avons parlé. Selon Bois-Guillebert, lieutenant-général au bailliage de Rouen, tout vendeur doit être acheteur, et réciproquement. Tout échange doit être profitable aux deux parties, dans l'intérêt général. Il faut, pour cela, concurrence et liberté des producteurs. La nature veut la liberté de l'industrie, et cette liberté peut seule paralyser les efforts tyranniques de la cupidité et de l'égoïsme. C'est à la nature, et non aux hommes qu'appartient la police de l'ordre économique. La doctrine de l'économie politique libérale est tout entière dans cet axiome.

[1] *Essai*, ch. XI, p. 371. — [2] *Télémaque*, XVII, p. 136. — [3] *Id.*, III, p. 16.

Fénelon accorde au roi le pouvoir de faire la guerre et la paix, mais il regarde comme une violation des droits essentiels de l'humanité toute guerre déclarée dans une autre vue que celle du bien public. Ses idées sur la guerre et sur la politique extérieure sont rétrogrades sous un rapport, et très-novatrices sous un autre. D'un côté, cherchant à fonder sur le droit les relations entre les Etats, il ne voit pas poindre un autre droit que celui qui servait encore de base aux protocoles diplomatiques, mais que personne ne respectait ni ne pratiquait plus. Suivant Fénelon, un prince qui enlève une province à un autre prince prend le *bien d'autrui*. Fénelon, ne sortant pas du vieux droit héréditaire et féodal, considère les provinces et leurs habitants comme les biens patrimoniaux des maisons souveraines, et ne soupçonne même pas les causes finales des existences nationales, ni les droits naturels et intimes qui résultent de ces causes finales, c'est-à-dire le nouveau droit des gens, qui devait enfanter le principe des nationalités.

D'autre part, sa maxime : « J'aime mieux ma famille que moi-même, ma patrie que ma famille, le genre humain que ma patrie, » cette maxime qui contenait en germe ce qu'on a nommé de nos jours la doctrine *humanitaire*, si elle reste insuffisamment expliquée et définie, peut conduire à sacrifier les droits de la patrie à une vague philanthropie. « Tout le genre humain, dit Mentor, n'est qu'une famille dispersée sur la surface de la terre. Tous les peuples sont frères, et doivent s'aimer comme tels[1]. » Quand Idoménée et les autres rois de l'Hespérie ont juré la paix : « Songez[2], leur dit-il, à vous rassembler de temps en temps. Faites de trois en trois ans une assemblée générale, où tous les rois se trouvent pour raffermir l'amitié promise et pour délibérer sur tous les intérêts communs. » Il n'est pas éloigné de croire, que dis-je? il croit à la fin prochaine de la guerre, il repaît son âme de l'espérance de la paix universelle.

L'abbé de Saint-Pierre tient d'assez près à Fénelon. C'est, comme lui, un esprit curieux, novateur, chimérique, fort ennemi

[1] *Télémaque*, IX, p. 65. — [2] *Id.*, p. 66.

du gouvernement de Louis XIV, et surtout de sa politique guerrière. Ecrivain médiocre, ce n'était pourtant pas un penseur méprisable; il était possédé d'une passion, alors nouvelle et originale, la passion de la politique, et cette passion lui a donné une certaine importance. Il ne rêvait que projets, inventions, règlements et nouveautés en tout. Ajoutons que toutes ses rénovations politiques se font remarquer par un caractère libéral, qui s'éloignait plus que jamais du système de la monarchie absolue. Une partie de ses vues lui étaient venues sous Louis XIV; mais il n'osa les publier qu'après la mort du roi.

L'abbé de Saint-Pierre ne s'est-il pas inspiré du beau rêve de Fénelon, dans son *Projet de paix perpétuelle?* Il y propose l'établissement d'une espèce de Sénat composé de membres de toutes les nations, qu'il appelle diète européenne. Tous les princes sont tenus d'y exposer leurs griefs et d'en demander le redressement. Cet arbitrage européen aura pour avantages de terminer tous les différents sans aucune guerre; d'ôter ou de réduire à très-peu de chose les sujets de contestations, d'assurer l'exécution des engagements entre les princes, de rendre libre le commerce, de diminuer les dépenses militaires, de faire prospérer l'agriculture, enfin, de faciliter tous les établissements qui peuvent augmenter la gloire et l'autorité des souverains, les ressources publiques et le bonheur des peuples. Cet honnête et naïf écrivain voit bien l'effet des choses, quand elles sont établies; mais il juge, comme un enfant, des moyens de les établir. Il s'imagine bonnement qu'il ne faut qu'assembler un congrès, y proposer ses articles, qu'on va les signer, et que tout sera fait.

Répondre à l'abbé de Saint-Pierre, c'est répondre en même temps à Fénelon, et montrer la chimère de l'un et de l'autre. L'occupation des rois se rapporte, en fait, à deux objets : étendre leur domination au-dehors, et la rendre absolue au-dedans. Qu'on juge, sur ces deux maximes fondamentales, comment les princes peuvent recevoir une proposition qui choque directement l'une, et qui n'est guère plus favorable à l'autre. Car on sent bien que, par la diète européenne, le gouvernement de chaque Etat n'est pas moins fixé que par ses limites; qu'on ne peut garantir les princes de la révolte des sujets sans garantir en même temps les sujets du despotisme des princes, et qu'autrement l'institution ne saurait subsister. Y a-t-il dans le monde un souverain qui, borné ainsi pour jamais dans ses projets les plus chéris, supportât l'idée de se voir forcé d'être juste? Dans leurs différends, les princes se soumettront-ils à des voies juridiques, que la rigueur des lois n'a jamais pu forcer les particuliers d'admettre dans leurs querelles? Même avec la bonne volonté que les princes n'auront jamais, le moyen de trouver un moment favorable à l'exécution du système de l'abbé de Saint-Pierre? Il faudrait pour cela que la somme des intérêts particuliers ne l'emportât pas sur l'intérêt commun, et que chacun crût voir, dans le bien de tous, le plus grand bien qu'il pût espérer pour lui-même. Or, tant de têtes ne peuvent pas être sages en même temps, tant d'intérêts s'accorder entre eux.

Ainsi, quoique le projet de mettre fin à la guerre et aux divisions des Etats soit très-sage, les moyens de l'exécuter se sentent de la naïveté de l'auteur. Son âme oublie que tant qu'il y aura des hommes, il y aura des vices; et que tant qu'il y aura des vices, il y aura des querelles et des guerres.

Un groupe d'écrivains modernes rêvent encore la paix universelle. Seulement, ils espèrent dans la sagesse des démocraties, tandis que Fénelon et l'abbé de Saint-Pierre espéraient dans la sagesse des rois.

Nous admettons, nous aussi, le progrès nécessaire des sociétés, mais nous ne croyons pas qu'elles se transforment jamais assez pour donner raison aux principes et aux vues de l'école humanitaire. Il n'y a pas longtemps que cette école combattait, en France, les mesures destinées à accroître et à fortifier notre armée, sous prétexte que nous touchions à l'ère de la pacification du monde; mais les désastres d'une terrible guerre ont dû brusquement arracher les utopistes à leur idéal, et les rappeler au sentiment de la triste réalité. Oui, espérons, entre les gouvernements, des relations plus pacifiques; mais, persuadés qu'ils ne seront jamais libres de toute passion, n'allons point, séduits par un mirage trompeur, négliger les intérêts propres et la défense de notre patrie, et ouvrir nos frontières à l'ambition de l'étranger.

Après avoir montré le côté chimérique de la politique extérieure de Fénelon, rappelons, pour nous résumer, que, selon lui, l'autorité vient de Dieu; qu'elle est, par suite, sacrée et inviolable; qu'elle a ses limites déterminées par les lois de la nation et par le bien public, doctrines qui se trouvent déjà dans le *Télémaque;* que la monarchie, malgré ses inconvénients, est la meilleure forme de gouvernement; qu'elle a besoin d'un tempérament, savoir : une assemblée fixe et tirée de l'aristocratie ; que le peuple, par le vote des subsides extraordinaires, doit participer au gouvernement. Ces deux dernières doctrines font voir le chemin que l'esprit de Fénelon avait fait depuis le moment où il avait entrepris la composition du *Télémaque*. Il n'aspirait plus seulement à transformer le roi, mais à modifier la royauté ; il avait peu à peu abandonné l'idée rigoureuse et exclusive de la monarchie absolue. C'étaient de graves concessions à la liberté des sujets et d'importantes limites au pouvoir du roi, que le partage de la puissance législative et l'appel au peuple pour l'augmentation des taxes.

Dans la lettre du 4 août 1710[1], au duc de Chevreuse, pour intéresser toute la nation à son propre salut, il voudrait qu'on laissât aux hommes les plus sages et les plus considérables le soin de rechercher les ressources nécessaires. Craignant, toutefois, qu'un tel changement n'émeuve les esprits et ne les fasse passer d'une absolue dépendance à un dangereux excès de liberté, il ne propose point d'assembler les Etats généraux, qui, « sans cette raison, seraient très-nécessaires et qu'il serait capital de rétablir ; » il se borne donc à des notables, que le roi consultera l'un après l'autre, et dont l'assemblée se composera « des principaux évêques et seigneurs, des plus célèbres magistrats, des plus puissants financiers même. »

Si, maintenant, nous examinons les *Plans*[2] *de gouvernement* qu'écrivit Fénelon pendant les négociations pour la paix, et alors que son élève semblait toucher à la couronne, nous remarquerons

[1] Tome III, p. 646. — [2] Tome III, p. 430.

qu'il y va même plus loin que dans l'*Essai* de Ramsay, et dans la *Lettre au duc de Chevreuse,* puisqu'au lieu d'une assemblée fixe et héréditaire ou d'une assemblée de notables, il demande des assemblées mobiles et électives. Après y avoir proposé l'établissement d'Etats particuliers, dans les provinces, comme en Languedoc, « composés des députés des trois Etats de chaque diocèse, avec pouvoir de policer, corriger, destiner les fonds [1], » etc..., voici ce qu'il écrit : « Etablissement d'Etats généraux. Composition des Etats généraux : de l'évêque de chaque diocèse, d'un seigneur d'ancienne et haute noblesse, élu par les nobles ; d'un homme considérable du Tiers-Etat. Election libre : nulle recommandation du roi qui se tournerait en ordre ; nul député continuel, mais capable d'être continué [2].... »

Ces Etats, dont il n'admettait, dans l'*Essai,* la convocation que comme un suprême recours, ces Etats, supérieurs à ceux des provinces, corrigeront « les choses faites par ces derniers, » sur les plaintes et preuves, réviseront leurs comptes, délibéreront « sur les fonds à lever par rapport aux charges extraordinaires, » etc... L'année suivante (1712), il revient, dans son troisième mémoire, qui a trait à un conseil de régence, sur la nécessité de faire appel aux notables. « Il faudrait que le roi autorisât au plus tôt ce conseil de régence dans une assemblée de notables, qui est conforme au gouvernement de la nation [3]. » Et plus loin : « Le roi, dans l'assemblée des notables, pourrait faire prêter serment à tous les notables pour maintenir ce conseil [4]. » Fénelon a marqué ailleurs encore son goût pour l'ancien état de la France, celui où les parlements et les Etats généraux limitaient la puissance du roi. « Vous savez, dit-il au duc de Bourgogne, qu'autrefois le roi ne prenait jamais rien sur ses peuples par sa seule autorité : c'était le parlement, c'est-à-dire l'assemblée de la nation, qui lui accordait les fonds nécessaires pour les besoins extraordinaires de l'Etat. Hors de ce cas, il vivait de son domaine. Qu'est-ce qui a changé cet ordre, sinon l'autorité absolue que les rois ont prise de nos jours [5] ? » Observons, à l'honneur de Fénelon,

[1] Art. II, § 3, 2°, p. 431. — [2] Art. II, § 3, 3°, p. 431. — [3] Tome III, p. 439, § 15. — [4] *Mémoire* XVI, p. 431. — [5] *Examen de consc.,* art. III, § 18, p. 330.

qu'il était un des premiers à se douter que la monarchie avait changé de siècle en siècle, et que la royauté, auparavant tempérée par des institutions, était devenue despotique.

Fénelon, cherchant un pouvoir pondérateur, subissait l'influence des idées nouvelles, qui, vers la fin du règne de Louis XIV, fermentaient dans les esprits. Les uns regrettaient l'ancien ordre de choses, les autres en demandaient un nouveau ; mais tous s'accordaient à admettre dans le gouvernement des principes de liberté. Boulainvilliers pensait comme Fénelon sur la nécessité de convoquer les Etats généraux. Voyant la misère de la France, et considérant « la finance [1] » comme le principal nerf de la monarchie, il estime que le principal moyen de remédier à la pauvreté de la France, c'est une assemblée d'Etats généraux ; il la croit seule capable de ranimer l'idée du bien public, d'autoriser une juste distribution des impôts, d'anéantir la régie, qui coûte à la France le double et le triple de ce qu'en tire le roi, et de conseiller le prince sur la meilleure manière de recouvrer ses droits et ses revenus.

L'abbé de Saint-Pierre remarque, comme Fénelon, que les princes suffisent difficilement à la pénible charge de la royauté ; et, comme il faut que les affaires se fassent, il imagine, dans un discours sur la *Polysynodie*, une forme de gouvernement qui puisse se passer de roi. Il crée, près du prince, huit conseils, qui veilleront à la justice, à la police, aux finances, au commerce, à la marine, à la guerre, aux affaires étrangères, à la religion. Il y en aura un neuvième qui, formant la liaison de tous les autres, traitera de toutes les grandes affaires en dernier ressort, et, au besoin, suppléera au roi, lorsque celui-ci ne pourra, pour une cause quelconque, remplir ses fonctions. C'est au scrutin, c'est au suffrage universel, chose remarquable ! qu'il laisse la composition de ces conseils, de crainte qu'autrement ils ne soient remplis des créatures du roi. Il ne doute pas qu'après l'institution de sa Polysynodie, l'intérêt public ne soit préféré à l'intérêt particulier ; les résolutions de l'État, moins souvent fondées sur des erreurs de fait ; les impôts, moins excessifs ; les mérites, les

[1] *Mémoires pour le duc d'Orléans*, I, p. 12.

talents, plus facilement récompensés ; les honneurs et les emplois distribués avec plus d'équité, les rois plus instruits et plus éclairés.

Le défaut ordinaire de l'abbé de Saint-Pierre, c'est de ne jamais bien appliquer ses vues aux hommes, aux circonstances et aux temps. Dans le plan dont il s'agit, il veut modifier un gouvernement par des moyens tout-à-fait étrangers à la constitution présente. Ce n'est rien moins qu'une révolution qu'il demande. La seule introduction du scrutin devait produire un renversement épouvantable. Songeait-il au danger d'émouvoir une fois les masses énormes qui composaient la monarchie française ? Qui eût-pu retenir l'ébranlement donné, ou en prévoir tous les effets ?

L'abbé de Saint-Pierre ne prétend pas, à la vérité, que sa nouvelle forme de gouvernement ôte rien à l'autorité du roi, car il laisse au roi la décision des matières. Mais ne faut-il pas que la délibération des conseils devienne bientôt une vaine formalité, ou que l'autorité royale en soit affaiblie ? Alternative à laquelle le prince ne s'exposera certainement pas, quand il en devrait résulter le plus grand bien pour l'Etat.

La *Polysynodie* de l'abbé de Saint-Pierre ne saurait être praticable ni utile dans aucune véritable monarchie, mais seulement dans une sorte de gouvernement où le chef ne soit que le président des conseils, n'ait que la puissance exécutive, et ne puisse rien par lui-même.

La forme de gouvernement de l'abbé de Saint-Pierre était, selon lui, à peu près celle que le Régent, duc d'Orléans, avait établie, et aussi celle qu'avait adoptée l'élève de Fénelon. Mais il ne faut pas que la conformité des noms fasse confondre son projet avec celui du duc de Bourgogne, qui voulait bien s'entourer d'avis éclairés, mais non se laisser imposer les volontés des conseillers élus. Fénelon propose au pouvoir des tempéraments qui n'altèrent point la royauté ; l'abbé de Saint-Pierre demande des institutions qui en changent la nature et la transforment en république.

Nous avons vu que Fénelon penchait pour une monarchie tempérée par un Sénat héréditaire, quant à la législation, et par la nécessité du consentement de la nation, quant aux impôts. Il se rapprochait donc beaucoup de la constitution anglaise, mais en accordant moins au peuple. Trop attaché encore à la monarchie pour admettre la souveraineté du peuple, il en prévoit cependant l'avènement, si les rois ne s'amendent pas : « Il viendra une révolution soudaine et violente, qui, loin de modérer leur autorité excessive, l'abattra sans ressource. » Il voit plus clair et plus loin que Bossuet, en voulant que l'autorité monarchique se mette en contact avec la nation pour en mieux connaître les besoins ; car s'il est admis que le droit des princes vienne de Dieu, ceux-ci tirent manifestement leurs forces du sentiment et du concours populaires.

Cependant Bossuet, dans sa *Politique tirée de l'Ecriture sainte*, parle quelquefois le langage de Fénelon. Avant l'institution d'un gouvernement, il ne voit dans le peuple rien qu'anarchie. Or, ne trouvant pas dans le peuple, qui ne peut donner ce qu'il n'a pas, le principe de la souveraineté, il le cherche plus haut, c'est-à-dire en Dieu même. Dieu est le roi des rois, et, à l'origine, il a été le seul roi des hommes. Tous les pouvoirs humains ne sont légitimes que parce qu'ils représentent en quelque degré ce premier pouvoir. Là est le fondement de leur droit. Mais si tous les gouvernements, sans examiner leur origine, et par cela seul qu'ils existent, doivent être respectés et obéis, il y en a cependant qui sont préférables aux autres, et entre tous, le meilleur et le plus naturel, est la monarchie. « La monarchie a son fondement dans l'empire paternel, c'est-à-dire dans la nature même... Les hommes naissent tous sujets ; et l'empire paternel qui les accoutume à obéir, les accoutume en même temps à n'avoir qu'un chef[1]. » La monarchie est le gouvernement le meilleur, parce qu'il est le plus fort, le plus durable, le plus uni ; il convient plus que tout autre au gouvernement militaire, et ce dernier finit presque toujours par l'entraîner après soi.

Nul écrivain n'a eu, au même degré que Bossuet, le culte de la royauté. Elle est pour lui comme une religion. « Les rois sont choses sacrées, dit-il[2]. » L'attentat à la personne des rois lui

[1] *Pol.*, liv. II, art. I, pr. 7 et 8, p. 139. — [2] Liv. III, art. II, pr. 2, p. 323.

paraît un sacrilége. Le peuple leur obéira sans réserve, à moins qu'ils ne commandent contre Dieu; car, selon la réponse que les apôtres font aux magistrats, il vaut mieux obéir à Dieu qu'aux hommes [1]. Leur impiété, leurs violences ne l'exemptent pas de la soumission; il se contentera d'opposer à leurs violences de respectueuses remontrances, ou des prières pour leur conversion.

Ainsi Bossuet, comme Fénelon, soutient que l'autorité vient de Dieu; il nie, comme lui, le droit de révolte; il soutient la supériorité de la monarchie sur toutes les formes de gouvernement. Mais voici quelques côtés par lesquels il se sépare de Fénelon.

L'autorité des rois, dit Bossuet, est absolue; ils sont des dieux, et participent en quelque chose à l'indépendance divine[2]. Quoique soumis, comme les autres hommes, à l'équité des lois, parce qu'ils doivent être justes, et donner aux peuples l'exemple de la justice, ils ne sont point soumis aux peines des lois; ils n'y sont soumis que quant à la puissance directive, et non quant à la puissance coactive, selon les termes de la théologie[3]. Le peuple n'a donc qu'à demeurer en repos sous leur autorité et qu'à la craindre. Ils n'auront, eux, pour contrepoids à leur puissance, que la crainte de Dieu, « dont la colère, toujours vivante, n'oublie jamais. »

Ce sentiment leur fera respecter la religion et la justice : car ils ont aussi, eux, leurs obligations. En ce qui concerne la religion, ils ont le devoir d'employer leur autorité pour anéantir l'hérésie; ils peuvent même recourir à la rigueur et à la force, mais la douceur est préférable[4].

Bossuet s'efforce de distinguer entre le pouvoir absolu et le pouvoir arbitraire. Il qualifie ce dernier de barbare et d'odieux, mais il ne veut pas examiner s'il est licite ou illicite[5]. Il craint tellement de porter atteinte à l'autorité, qu'il laisse dans le doute cette grave question : Ce qui est odieux ne pourrait-il pas être licite? Le pouvoir absolu, selon lui, n'est absolu que par rapport à la contrainte, c'est-à-dire qu'il n'y a aucune puissance capable de forcer le souverain; mais il ne s'ensuit pas de là qu'il soit

[1] *Actes*, v, 29. — [2] *Pol.*, IV. art. I, pr. 2, p. 334. — [3] *Id.*, IV, art. I, pr. 4, p. 335. — [4] *Id.*, VII, III, 10, p. 390. — [5] *Id.*, VIII, II, 1, p. 417.

arbitraire; « parce que, outre que tout est soumis au jugement de Dieu, il y a des lois dans les empires contre lesquelles tout ce qui se fait est nul de droit[1]. » Mais, peut-on répondre, rien ne garantit que la crainte de Dieu et les lois seront respectées. Qui rendra nuls les actes contraires aux lois divines et humaines, s'il n'existe point à côté du souverain un pouvoir modérateur, si peu considérable qu'il soit ?

Si Bossuet élève si haut l'autorité royale, c'est que, frappé de la grandeur de Louis XIV et de sa politique, et saisi de l'éclat qui environne les princes dans l'Ecriture, il voit en eux, comme l'Ecriture, l'image de la majesté divine. Ils font aller, de leur cabinet, les magistrats et les capitaines, les citoyens et les soldats, les provinces et les armées par mer et par terre, comme Dieu, « assis sur son trône au plus haut des cieux, fait aller toute la nature[2]. » Aussi, comment ne pas le respecter avec une espèce de religion, que Tertullien appelle la religion de la « seconde majesté ? »

Nous voyons combien sont profondes les différences qui séparent la politique de Fénelon de celle de Bossuet. L'évêque de Meaux, pour porter le prince au bien, l'exalte et en fait l'image de Dieu ; l'archevêque de Cambrai, par un procédé contraire, montre à son élève les faiblesses des rois comme hommes et comme souverains. Le premier ne met d'autre restriction au pouvoir suprême que la crainte de Dieu et le respect des lois ; le second le tempère par une assemblée législative, par des Etats généraux; celui-ci ne craint pas d'innover; celui-là défend ardemment ce qui est. Deux esprits si divers, dont l'un avait tant de goût pour les spéculations rationnelles, l'autre, tant de vénération pour la lettre des Livres saints, dont il était pénétré, ne devaient pas se rencontrer ni s'entendre sur la manière de constituer un gouvernement. Mais si l'on songe que Bossuet était resté, dans sa jeunesse, comme Louis XIV d'ailleurs, sous l'impression des calamités et des désordres qui attestèrent le commencement du règne; qu'il ne fut guère témoin que des succès et des triomphes du règne de Louis XIV, et mourut avant

[1] *Pol.*, VIII, art. II, prop. 1, p. 417. — [2] *Id.*, V, IV, 1, p. 370.

d'en voir les désastres; que Fénelen en vit, au contraire, les premiers malheurs, on comprend que le premier, fatigué de troubles funestes et ébloui du merveilleux spectacle que lui offrait la monarchie, ait admiré en elle l'image la plus parfaite de l'Etat qu'il avait rêvé, comme tant d'autres, comme Xénophon, comme Platon, comme Cicéron; que le second, touché, dans sa profonde sensibilité, des malheurs qu'avait enfantés l'ivresse du pouvoir absolu, ait cru nécessaire de le modérer et d'y mettre un frein.

Bossuet, malgré son respect de la majesté des rois, ne ferme pas les yeux sur leurs faiblesses; disons même qu'il est pour eux moins indulgent que Fénelon, qui, dans plus d'un endroit du *Télémaque*, les excuse en raison des embarras de la grandeur, et de la difficulté de bien gouverner. Bossuet les tient, pour ainsi dire, sous la main de Dieu ; il les fait trembler de la crainte de sa colère et de sa vengeance; il peint, en traits éloquents et énergiques, les vices qui les déshonorent; il ne leur cache aucune vérité, si dure qu'elle soit. « Vous êtes des dieux, leur dit-il avec le Prophète ; mais, ô dieux de chair et de sang ! ô dieux de boue et de poussière ! vous mourrez comme des hommes, vous tomberez comme les grands[1] ! » Mais Louis XIV ne lui savait pas mauvais gré de cette franchise. Car Bossuet parlait au nom de la religion, dont les vérités sont claires, simples, incontestables, et Louis XIV, on le sait, craignait la religion. Fénelon, au contraire, parlait dans le *Télémaque*, au nom de la raison et de la morale, au-dessus desquelles Louis XIV pouvait se croire élevé par son rang. Il excellait à adresser des remontrances avec douceur et délicatesse; mais ces remontrances, à force d'être répétées, étaient de nature à fatiguer un prince fier et accoutumé, depuis longtemps, à la flatterie. En outre, il n'adoucissait pas, comme Bossuet, la sévérité de ses avis et de ses leçons par des témoignages de vénération pour la majesté du trône. Pour ces raisons et d'autres que nous avons vues, il ne fut jamais agréable à Louis XIV.

Bossuet trouvait son idéal politique autour de lui, et il ne soupçonnait pas que cet idéal ne fût qu'un songe trompeur et

[1] *Pol.*, V, IV, 1, p. 371.

passager. Il croyait esquisser l'image d'une chose éternelle, et le modèle devait périr bien avant l'image. Quelques années plus tard, des désastres sans nom, attirés par les abus de la puissance absolue, menacèrent un instant d'engloutir l'Etat avec le prince; quelques années plus tard encore, une corruption effroyable et un scandale insolent prenaient la place de cette magnificence majestueuse où Bossuet vénérait l'image de la grandeur de Dieu; et enfin, un siècle après, une catastrophe extraordinaire emportait la royauté, le prince et toute sa splendeur. Quel eût été, au commencement du dix-huitième siècle, l'effet des réformes que conseillait Fénelon ? Question à laquelle il est naturellement difficile de répondre. Toutefois, nous ne doutons pas que, appliquées avec tous les ménagements et les correctifs qui manquèrent sous Louis XVI, elles n'eussent dû, après Louis XIV, rajeunir et retremper le pouvoir royal. Fénelon a compris, ce nous semble, en temps utile, ce qu'il y avait à faire; quand on s'en avisa de nouveau, l'heure favorable était passée.

Les plans et les mémoires de Fénelon embrassent une constitution entière de la monarchie. Là, les réformes politiques ont passé de la poésie du *Télémaque*, où d'ailleurs elles sont en germe, à la réalité; elles portent l'empreinte de la réflexion, de la maturité, de la pratique. Il s'y trouve tout ce qui s'est accompli, tenté ou préparé depuis pour l'amélioration du sort de la société.

Fénelon a eu l'éternel honneur d'entrevoir les conséquences auxquelles devaient conduire l'abdication de tout un grand peuple et le défaut absolu d'institutions et de garanties, lequel n'avait pour contrepoids que l'honnêteté personnelle du prince. Il aspira à changer le mécanisme du pouvoir, à le soumettre à un contrôle, à délivrer la royauté d'une responsabilité terrible, devenue son trop manifeste péril. Combien de malheurs n'eussent pas été épargnés aux peuples et aux rois, si la puissance absolue eût trouvé devant elle la barrière d'une sage constitution? Un contrepoids au pouvoir suprême ne préserve pas seulement la nation des excès des princes; il les préserve encore d'eux-mêmes!

C'est par son esprit de liberté dans l'examen des devoirs des princes, que Fénélon n'appartient déjà plus au dix-huitième siècle ; il donne l'essor à l'esprit philosophique, par son goût pour les spéculations rationnelles ; il prépare le triomphe de la tolérance religieuse, en refusant à l'autorité le droit de forcer les croyances des sujets, et en recommandant de n'employer à l'égard des hérétiques que la douceur et la persuasion, comme il avait fait lui-même dans sa mission en Poitou et en Saintonge, blâmant les violences dont il était témoin.

V.

De la question sociale dans le *Télémaque* : Salente.

Nous avons comparé la politique de Fénelon à celle de Bossuet. Tous deux sont partisans de la monarchie, comme la plupart des publicistes de leur époque. Mais, bien différents de Hobbes, dont le système n'accepte que deux principes de gouvernement, la crainte et la force, ils repoussent le pouvoir arbitraire, en le soumettant aux lois fondamentales de l'Etat, à la conscience, à la raison, à la religion. Le dix-septième siècle fut monarchique, bien que le quatorzième, le quinzième et le seizième eussent vu le réveil des doctrines populaires et démocratiques. Associées, pendant le seizième siècle, aux efforts de la réforme, elles avaient remué et ébranlé l'Europe, et donné naissance à la guerre civile. Mais quand les passions se furent calmées, que des transactions eurent réglé et terminé pour un temps les dissensions religieuses, l'ordre se rétablit, et les idées monarchiques en profitèrent pour reparaître et reconquérir leur autorité, en France surtout, à la faveur du ministère énergique du cardinal de Richelieu. Ce ne fut qu'à la fin du dix-septième siècle et au commencement du suivant que s'élevèrent en France quelques protestations contre la royauté absolue, laquelle n'avait depuis longtemps fourni une si longue et si belle carrière. Fénelon, sans renoncer au principe de droit divin, demanda des tempéraments et des limites à la monarchie absolue. Il s'éloigna de la politique de Bossuet, qui, tout en abaissant la majesté royale devant la majesté divine, laissait à Louis XIV un pouvoir sans autre contrepoids que le respect des lois de la nation et la crainte de Dieu.

Le désir d'innover, auquel cède Fénelon en tempérant la

monarchie, se trahit plus encore dans le plan de constitution sociale que Mentor trace à Idoménée. Au point de vue purement politique, il ne va généralement pas au-delà du possible; il tient compte des difficultés qui naissent nécessairement de l'imperfection de l'humanité; il profite de l'expérience. Au point de vue social, il va s'aventurer dans le domaine de l'utopie, et imaginer l'établissement d'une république qui n'a jamais existé, et sans doute n'existera jamais.

On a prétendu que Salente n'exprimait pas sérieusement les vues sociales de Fénelon : c'est une erreur. Fénelon eût opéré en France les changements que Mentor propose à Idoménée. Comme beaucoup d'autres esprits, il aspirait à des réformes économiques. La condition du peuple était, depuis 1680, très-mauvaise; les ressorts du gouvernement, tendus avec excès, mettaient en relief tous les vices de l'ordre social, et surtout l'organisation défectueuse des charges et des revenus publics. Aussi, Beauvilliers et Chevreuse voulaient, sans système bien défini, la modération, la paix, le bien du peuple; Catinat souhaitait les mêmes choses avec plus de lumières; Racine appliquait aux maux de son pays cette tendresse de cœur qu'il avait versée sur tant de passions idéales; Vauban cherchait scientifiquement, dans ses études économiques, les moyens de réaliser, aux dépens d'injustes priviléges, le bien que rêvaient ses amis; le duc de Saint-Simon représentait un principe contraire, un esprit d'opposition sourdement irrité, contre la monarchie absolue, non parce qu'elle accablait le peuple, mais parce qu'elle annulait la noblesse et affaiblissait ses priviléges. Enfin, à distance, apparaissaient des esprits excentriques, tels que Bois-Guillebert et l'abbé de Saint-Pierre, qui exagéraient Vauban, et Boulainvilliers, qui exagérait Saint-Simon. Fénelon résumait et fondait, pour ainsi dire, en lui, ces éléments disparates, qui faisaient, grâce aux séductions de sa personne, l'illusion d'un tout harmonieux.

Fénelon, qui préparait l'avenir par son élève, consigna dans le *Télémaque* les projets d'amélioration par lesquels il espérait résoudre les grands problèmes qui agitaient alors les meilleurs esprits. Un de ces problèmes, c'était le renouvellement de la richesse publique; or, comment la renouveler sans rendre au commerce sa prospérité? Aux yeux de Boulainvilliers, la richesse des marchands était l'âme de la monarchie; celle des partisans en était la ruine. La fortune subite des financiers avait excité plusieurs marchands à quitter le commerce, d'autres à borner leur négoce au commerce usuraire de l'argent, ou à quitter l'agriculture, pour posséder des emplois et acquérir des charges onéreuses à l'Etat : aussi, l'agriculture était abandonnée, et ceux qui avaient voulu continuer la fabrication et le commerce des denrées et des marchandises avaient dû passer par la main des usuriers, et s'étaient ruinés. De là, de fréquentes banqueroutes. Fénelon, pour remédier au mal, veut que les sociétés des marchands soient équitables; qu'ils n'entreprennent, par avidité, rien au-delà de leurs forces; que les banqueroutes causées par la mauvaise foi ou par la témérité soient sévèrement punies; qu'ils fassent en société les entreprises qu'ils ne peuvent faire seuls; que des magistrats les obligent à rendre compte de leurs profits et de leurs dépenses. Les magistrats que demande Fénelon ne sont-ils pas les conseillers d'Etat dont Boulainvilliers et Vauban proposaient la création, ou pour protéger les fabriques et les manufactures, ou pour mettre sur les négociants les impôts que ceux-ci pourraient supporter?

Partisan de ce que nous appelons aujourd'hui le *libre échange*, il laisse le commerce libre, et ne le gêne par aucun impôt. De même, dans ses *Plans de gouvernement*, il inscrit, en tête de l'article *Commerce :* « Liberté. » Là, cependant, il laisse aux Etats généraux et particuliers le soin de délibérer s'il faut abandonner les droits d'entrée et de sortie du royaume. Vauban, dans son projet d'établissement d'une dîme royale[1], et Bois-Guillebert tendent, comme Fénelon, à favoriser le commerce par la liberté. Ils sont d'avis de ne l'imposer que très-peu, et seulement pour favoriser celui qui est utile à la France, et exclure l'inutile. Jusqu'ici rien que de très-acceptable dans ce que propose Fénelon. Presque tout ce qu'il recommande a été pro-

[1] *Projet d'une dixme royale,* par Vauban, p. 85.

clamé par les bons esprits, et même assez généralement adopté.

Mais, tout en voulant la prospérité du commerce, Mentor n'admet que l'exportation du blé, du vin, de l'huile et des autres denrées utiles; il défend l'importation de toutes les marchandises étrangères, telles que les étoffes façonnées, les broderies d'un prix excessif, les vases d'or et d'argent, les liqueurs et les parfums; il va jusqu'à chasser du royaume ceux qui en font le trafic. Dans les *Plans,* Fénelon désire aussi « un grand commerce de denrées bonnes et abondantes en France, ou des ouvrages faits par de bons ouvriers, » et il estime la France assez riche, « si elle vend bien ses blés, huiles, vins, toiles, » etc.; « elle n'achètera des Anglais et des Hollandais que des épiceries et des curiosités nullement comparables[1]. » Il est donc difficile de faire concorder, avec cette prohibition complète du luxe et des modes, les grands encouragements que Fénelon voudrait donner au commerce. Le moyen de le rendre prospère, si vous l'arrêtez dans son essor, et que vous en restreigniez les échanges à un nombre si limité de marchandises?

Mais des doctrines si arriérées n'ont pas besoin d'être sérieusement réfutées. Examinons maintenant celles qui concernent la distinction des classes.

Richesses et dignités, Louis XIV avait voulu que tout découlât de sa main. Sous lui, la fonction prit le pas sur le titre; l'intelligence prévalut sur la naissance, et, dans les conseils de l'Etat, on vit s'asseoir, à la place des grands seigneurs éconduits, ces fils de la bourgeoisie, les Letellier, les Philippeaux, les Colbert, les Torci, modestes et laborieux serviteurs, qui, confondant l'amour du bien public avec leur admiration pour le roi, consacraient sans condition leur génie et leur dévouement à l'accomplissement de ses grands desseins. Saint-Simon, Boulainvilliers, Fénelon sentirent vivement le coup qui frappait la noblesse. Cette politique du roi, qui affectait de tout confondre et de tout égaler sous lui, ce dessein persévéramment suivi, qui avait fait de son règne, selon l'expression amère de Saint-Simon, « le long règne de la vile bourgeoisie, » voilà ce que Saint-Simon et Bou-

[1] Art. I, § 7.

lainvilliers lui pardonnaient moins que les excès de l'ambition, les abus du luxe, les scandales de la faveur. Grâce aux ducs de Beauvilliers et de Chevreuse, Saint-Simon s'était trouvé introduit dans la société presque mystérieuse où, sous l'inspiration de l'auteur du *Télémaque,* s'élaboraient, pour le règne futur, des plans de régénération sociale. Or, si nous l'en croyons, en tête des trois ordres, au-dessus de la noblesse, sur les marches mêmes du trône, et comme une caste intermédiaire entre le roi et la nation, devaient se placer les ducs et pairs, tuteurs des rois, soutiens de l'Etat, modérateurs du royaume, participant aux pouvoirs constitutif et législatif. Ce projet nous explique donc pourquoi Mentor, continuant ses réformes et réglant les conditions, fixe ces dernières par la naissance. Il met au premier rang ceux qui ont une noblesse plus ancienne et plus éclatante. Ceux qui auront le mérite et l'autorité des emplois seront contents de venir après ces anciennes et illustres familles. Ils seront assez vertueux et empressés à servir l'Etat, pourvu que, pour leurs belles actions, ils reçoivent des couronnes et des statues, et que ce soit là un commencement de noblesse pour leurs enfants. Les *Plans* pour le duc de Chevreuse maintiennent la même faveur au préjugé de la naissance [1]. Les pages du roi doivent être nobles; nobles, les gardes et les gendarmes qui remplissent sa maison; nobles, les officiers; nobles, les maîtres d'hôtel et les gentilshommes. Là, encore, il interdit aux deux sexes de se mésallier; aux « acquéreurs des terres des noms nobles, du nom de familles nobles subsistantes, de prendre ces noms; » aucun ordre, ni celui du Saint-Esprit, ni celui de Saint-Michel pour les « militaires sans naissance proportionnée; » défense d'anoblir qui que ce soit, excepté dans le cas de services signalés.

Fénelon pensait, comme Montesquieu a depuis pensé et écrit, qu'il ne peut exister de monarchie sans noblesse; il vivait dans une monarchie et travaillait sous une monarchie. Si nous étudions la constitution anglaise, la noblesse est peut-être l'indispensable condition d'une monarchie constitutionnelle. Mais en

[1] Art. II, § 5, 2°.

Angleterre les anoblissements sont fréquents. Comme tous les nobles du dix-septième siècle, Fénelon attachait le plus grand prix à la naissance. Néanmoins, il n'eût pas été jusqu'à regretter, comme le comte de Boulainvilliers dans ses *Essais sur la noblesse de France,* que les sciences, en communiquant aux bourgeois leur « politesse, leur agrément, leur langage et leur hardiesse [1], » les eussent élevés aux charges auparavant occupées par les nobles. La famille de Fénelon était « d'ancienne et bonne noblesse, décorée d'ambassades, de divers emplois, d'un collier du Saint-Esprit sous Henri III, et d'alliances [2]. » Il est vrai que, tout « grand seigneur » qu'il était, il ne se montrait jamais avec ces formes hautaines qui rendent odieux; il se conciliait l'affection de tous par l'affabilité du ton et l'aménité des manières. Il a prouvé combien il tenait lui-même à l'éclat de la naissance. Nous avons de lui sous les yeux quatre lettres récemment publiées [3], où il prie M. de Clairembault (1710-1711) de faire des recherches sur l'antiquité de la noblesse de sa famille. Voici les principaux passages de la première.

« A Cambray, 4 may 1710.

» J'espère, Monsieur, que vous voudrez bien me faire une » grâce que je ressentirai fort vivement. C'est celle de jetter les » yeux sur quelques vieux papiers de ma famille et de charger » quelques copistes sûrs et fidèles de les copier... Si par hazard » vous aviez quelques connaissances particulières de ce qui » regarde ma famille et son origine au-delà de ce qui en paraît » par ces actes, et par les autres qui sont dans le païs, vous » m'obligeriez très-sensiblement en me l'expliquant par un court » mémoire... »

Il voyait, dans la noblesse, non un simple privilége, mais le juste prix de services rendus. N'oublions pas qu'avant lui Bossuet avait complaisamment admiré la loi égyptienne, qui assignait à chacun son emploi, sans songer à la contrainte que l'hérédité des professions faisait peser sur les vocations naturelles, et qui

[1] Page 298. — [2] Saint-Simon, vol. XI, ch. xx, p. 437. — [3] Publiées par le *Cabinet historique* de Louis Paris, 1874, p. 311, 312.

risquait d'anéantir les talents. La passion de l'égalité, que nous ont transmise le dix-huitième siècle et la Révolution française, était inconnue au dix-septième, où nul n'eût songé à effacer la ligne de démarcation qui séparait la noblesse, le clergé et le Tiers-État. Si l'on tient compte de ces considérations, on s'étonnera moins que, si pénétré du principe de la fraternité humaine, Fénelon accorde tant aux uns et ne laisse aux autres que la peine de s'élever aux emplois par le travail et par le mérite. N'est-ce pas, en effet, quoi qu'en dise Mentor, amollir toute une classe de citoyens, les nobles, et les rendre insensiblement incapables, que de leur assurer d'avance le rang le plus enviable après celui du prince, par cette raison qu'ils n'ont eu, comme devait bientôt le dire Beaumarchais, que la peine de naître? N'est-ce pas exciter contre eux le mécontentement et la jalousie du plus grand nombre? Un siècle après le *Télémaque,* les excès de la Révolution firent voir quel abîme s'était creusé entre le gros de la nation et cette classe privilégiée.

On voit combien Fénelon, tout en regardant les hommes comme des frères, compte avec les priviléges de son temps.

Après la noblesse, viennent, dans la cité de Salente, six autres classes. Mentor en porte donc le nombre à sept. Sa division en classes rappelle naturellement celle de Solon et celle de Platon. Solon, pour constituer la démocratie athénienne, partagea, en effet, le peuple en quatre classes, d'après les revenus des citoyens. Les trois premières étaient seules appelées aux charges importantes; mais on passait d'une classe à l'autre; la quatrième, composée exclusivement des pauvres, était exclue de ces fonctions; mais Solon l'admettait dans les assemblées où se discutaient les affaires publiques et dans les tribunaux. Platon distribue, dans sa *République,* la cité en trois classes, qui correspondent, dans l'individu, au besoin de vivre, au besoin de se défendre, au besoin d'être gouverné; la première comprend les artisans et les laboureurs; la seconde, les guerriers; la troisième, les magistrats. Cependant, il n'établit pas entre elles des barrières si difficiles à franchir que Fénelon; car les nobles, à Salente, forment une classe presque fermée, puisqu'elle est déterminée par la naissance et que les belles actions ne donnent qu'un commencement de noblesse; les nobles ne s'y recrutent, pour ainsi dire, qu'en eux-mêmes; tandis que les magistrats de la république se recrutent parmi les guerriers.

Dans la république, qui est, selon Platon, le gouvernement des sages, la philosophie gouverne; le bien en découle, comme de la source, et le peuple, dans un tel Etat, n'a pas besoin de garanties contre le pouvoir. Mais avec les hommes tels qu'ils sont, une telle perfection est impossible. De peur que la tyrannie, usurpant les apparences de la sagesse, ne s'impose à la multitude malgré elle, Platon laisse au peuple le soin de désigner le plus sage. Donc, dans les *Lois*, il emprunte au gouvernement de sa patrie un nouveau principe : l'élection, mais il le tempère, à l'imitation de Solon. Il divise, comme celui-ci, les citoyens en quatre classes, selon la différence des fortunes, et n'établit plus que des divisions mobiles, qui n'impliquent point une irremédiable inégalité.

Nous comprenons que Solon et Platon, dans une société où était admis le principe de l'esclavage, eussent établi, parmi les citoyens, cette subordination, qui n'est qu'une séparation humiliante de castes. Mais Fénelon ne sentait-il pas que sa distinction des classes, en plein dix-septième siècle, était contraire à l'esprit du christianisme, qui a prêché l'égalité des petits et des grands, des riches et des pauvres, des hommes libres et des esclaves, du Grec et du barbare ?

Mentor, pour tout ramener à la plus grande simplicité, fixe la nature des habits, la nourriture, les meubles, la grandeur et l'ornement des maisons. Et d'abord, point d'or ni d'argent. Idoménée, lui, se contentera d'un habit de laine très-fine, teinte en pourpre; les principaux de l'Etat, après lui, seront vêtus de la même laine, et toute la différence ne consistera que dans la couleur et dans une légère broderie d'or qu'il aura sur le bord de son habit. Cet emploi de l'or n'est ici qu'une exception. « Les personnes du premier rang après vous, dit Mentor au roi, seront vêtues de blanc, avec une frange d'or au bas de leurs habits. Ils auront au doigt un anneau d'or, et au cou, une médaille d'or avec votre portrait. Ceux du second rang seront vêtus de bleu : ils porteront une frange d'argent, avec l'anneau, et point de médailles ; les troisièmes, de vert, sans anneau et sans frange, mais avec la médaille d'argent ; les quatrièmes, d'un jaune d'aurore ; les cinquièmes, d'un rouge pâle ou de rose ; les sixièmes, de gris de lin ; et les septièmes, qui seront les derniers du peuple, d'une couleur mêlée de jaune et de blanc... Tous les esclaves seront vêtus de bleu et de gris[1]. » Nous avons tenu à citer tout entier ce singulier passage. — Jamais, dira-t-on, Fénelon, si les circonstances l'eussent appelé au gouvernement de la France, n'eût songé à établir une si bizarre distinction de costumes ; il eût dû le premier reconnaître sa chimère. — Mais que penser, quand nous lisons dans ses *Plans* : « Lois somptuaires pour chaque condition. On ruine les nobles pour enrichir les marchands par le luxe. On corrompt, par le luxe, les mœurs de toute la nation. Ce luxe est plus pernicieux que ce profit des modes n'est utile[2] ? » Fénelon, au moment de développer cet article, n'y eût-il point parlé des habits et du nombre des classes ?

Mentor hait tellement les complications, les raffinements, qu'il détermine ensuite le genre des nourritures des citoyens et des esclaves. Il borne les repas aux viandes les meilleures, mais apprêtées sans aucun ragoût. Qu'écrivait Fénelon en 1711, pour fixer l'ordre des dépenses de la cour ? « Modération dans tous les meubles, équipages, habits, tables. » Preuve qu'il n'eût pas trouvé mauvais de soumettre à des règles la table du roi et de ses gens. Et il ajoute : « Lois somptuaires comme chez les Romains, » comme s'il en eût ignoré l'inutile et même funeste expérience. Celles qu'Auguste établit furent oubliées ou méprisées. Les citoyens, pour y échapper, cachaient leurs dépenses, ou trompaient sur le prix des marchandises qu'ils avaient achetées. Aussi, sous Tibère, les édiles se plaignaient-ils vivement des progrès effrayants du luxe de la table. Si ce luxe diminua beaucoup sous Vespasien, c'est que ce prince avait, dans sa manière d'être et de vivre, quelque chose d'antique ; et les citoyens, en se modérant, désiraient plutôt lui plaire et l'imiter, qu'ils ne craignaient le

[1] *Télémaque*, X, p. 72. — [2] Art. II, § 7.

châtiment des lois. *Obsequium inde in principem et æmulandi amor validior, quam pœna ex legibus et metus*[1]. Aussi, Fénelon, avant de conseiller des lois somptuaires, eût dû songer qu'elles n'ont jamais été observées.

Platon confie aux arts le premier soin de l'éducation morale ; il établit une censure, qui ne permette pas au poète ou au musicien de s'écarter de ce que l'Etat tient pour légitime, juste, beau et honnête ; il lui défend de montrer ses ouvrages à aucun particulier avant qu'ils aient été vus et approuvés des gardiens des lois et des censeurs établis pour les examiner. En protégeant, par cette censure, la musique, la sculpture et la peinture, il transporte dans un Etat grec la servitude intellectuelle de l'Orient. Il a un telle crainte du phénomène et du changement, qu'il croit retrouver l'idéal qu'il cherche dans cette immobilité des gouvernements orientaux, fausse image de l'immobilité éternelle de la vérité. N'est-ce point étrange de voir le disciple de Socrate, et le plus libre des génies grecs, défendre l'infaillibilité philosophique de l'Etat ?

Fénelon, sans aller aussi loin que Platon, dont il se souvient, du reste, fixe de même les limites de la musique, de la peinture et de la sculpture ; il ne tolère point de musique molle et efféminée ; il en borne l'usage aux fêtes dans les temples « pour y chanter les louanges des dieux et des héros qui ont donné l'exemple des plus grandes vertus[2]. » Il admet la peinture et la sculpture, à la condition que les citoyens attachés à ces arts ne produiront rien de bas ni de faible, et que leurs tableaux ou leurs statues ne serviront qu'à conserver la mémoire des grands hommes et des grandes actions.

De bonne heure, il avait pensé que la musique et la peinture ne devaient être permises qu'avec beaucoup de précautions. Il craignait que l'âme ne s'y abandonnât à l'attrait des sens. Aussi approuvait-il les magistrats de Sparte, qui brisaient tous les instruments dont l'harmonie était trop délicieuse, et Platon, « qui rejette sévèrement tous les tons délicieux qui entraient dans la

[1] Tacite, *Ann.*, III, 55. — [2] *Télémaque*, X, p. 73.

musique des Asiatiques[1]. » Tenant ces arts pour périlleux, il les bornait aux sujets capables d'exciter dans l'âme des sentiments vifs et sublimes pour la vertu.

Sans doute, l'Etat doit veiller sur les productions de l'art et défendre que les artistes n'exposent en public des statues ou des tableaux qui offrent aux yeux des images impures et corruptrices. Mais là doit se borner sa fonction. Sur quelle autorité se fondera-t-il pour distinguer entre ce qui est faible de ce qui ne l'est pas ? C'est au goût des connaisseurs, et non à l'Etat, qu'il appartient, en matière d'art, de prononcer. D'autre part, laisser à la musique, à la peinture, à la sculpture une carrière si étroite, c'est allumer le flambeau des arts et en empêcher le rayonnement.

Malgré sa modération, Fénelon autorise les bâtiments destinés à tous les exercices du corps propres à le rendre plus adroit et plus vigoureux ; les grands ornements d'architecture, à condition qu'on les réserve pour les temples et pour les édifices publics. Bien qu'il combatte la maxime qui veut que le luxe serve à nourrir les pauvres aux dépens des riches, il est loin de proscrire les beaux-arts comme inutiles, lui qui est le plus artiste des écrivains du grand siècle, parce qu'il est le plus antique; lui qui a le premier ressaisi le lien intime des arts plastiques avec l'éloquence et la poésie, et qui y puise sans cesse des images et des comparaisons.

Mentor, pour loger une famille nombreuse dans une maison de médiocre étendue, gaie et commode, donne des modèles de constructions simples, gracieuses, et dont l'entretien oblige à peu de dépenses. Pour chaque maison un peu considérable, il veut un salon et un petit péristyle, « avec de petites chambres pour toutes les personnes libres. » Dans l'*Examen de conscience,* Fénelon semble exiger encore plus de simplicité. Il regrette le temps où chacun, à Paris, n'avait point une chambre, où « une seule chambre suffisait, avec plusieurs lits, pour plusieurs personnes[2]. » Ce n'est pas que, pour amener la nation à tant de modération dans les habits, dans la nourriture, dans les maisons, Mentor ait

[1] *Educ. des filles,* XII, tome II, p. 503. — [2] *Ex. de consc.,* art. II, § 12, p. 338.

confiance dans l'utilité des lois, si l'exemple du prince ne leur donne de l'autorité. Lui seul peut ramener au bon goût son peuple, et même les peuples voisins. Même conseil de Fénelon au duc de Bourgogne. « Si vous avez de la broderie, les valets de chambre en porteront. Le seul moyen d'arrêter tout court le luxe est de donner vous-même l'exemple que saint Louis donnait d'une grande simplicité. L'avez-vous donné en tout, cet exemple nécessaire ? Il ne suffit pas de le donner en habits, il faut le donner en meubles, en équipages, en tables, en bâtiments. » Telle est, selon lui, la force de l'exemple, qui seule peut redresser les mœurs de la nation. Il marque ainsi l'influence des classes dirigeantes ; influence que Massillon prendra plus tard pour sujet de son premier sermon du Carême prêché devant Louis XV [1]. Les peuples, en effet, sont portés à imiter les princes et les grands par la vanité, par l'intérêt et l'envie de plaire. Mais la cour resta sourde aux avertissements de Fénelon et de Massillon, et elle vit se retourner contre elle-même les vices qu'elle semblait proposer à l'imitation de la multitude.

Quand Mentor a visité les arsenaux et les magasins de la ville, car il veut qu'on soit toujours prêt à faire la guerre, pour n'être pas réduit au malheur de la faire, il passe à la campagne.

Le groupe d'esprit dont nous avons déjà parlé éprouvait la plus douloureuse inquiétude sur l'avenir de l'agriculture. « Jusqu'à présent [2], écrit le comte de Boulainvilliers, c'est le même peuple qui a porté le plus lourd fardeau des impositions ; ce qui l'a forcé d'abandonner la campagne, de se retirer dans les villes franches, ou de passer dans des pays étrangers. » Pour arrêter l'émigration des campagnes dans les villes et rendre à la culture tant de terres fertiles, Boulainvillliers proposait d'alléger les impositions des paysans ; Vauban demandait l'abolition radicale des priviléges pécuniaires de la noblesse et du clergé ; Racine composait, pour Mme de Maintenon, un *Mémoire* dont nous ne connaissons pas exactement les vues, mais où il s'intéressait vivement à la misère du peuple des campagnes. Fénelon, comme Boulainvilliers, Vau-

[1] *Sermon* pour la fête de la Purification de la sainte Vierge, p. 1 et suiv. — [2] *Mémoires pour le duc d'Orléans*, p. 63.

ban, Racine, est frappé du mal; mais au lieu d'y chercher, comme eux, un remède possible et pratique, n'en imagine-t-il pas un qui est chimérique? Il prend les artisans de la ville, dont les métiers corrompent les mœurs; il leur distribue des plaines et des collines à cultiver, en leur adjoignant des étrangers qui fassent le plus rude travail. Mais imposer à l'artisan de la ville une autre profession que celle qu'il exerce, n'est-ce pas faire violence à sa liberté? S'il vient volontiers de la ville à la campagne, comment se transformera-t-il en laboureur? De nos jours, comme au temps de Fénelon, nous nous plaignons de ce que les paysans désertent le village pour la ville; mais nous ne voyons guère que les citadins désertent la ville pour le village. Pour retenir le paysan à la campagne, il faudrait, ce me semble, lui assurer, pendant toute l'année, un travail qu'il ne trouve, dans cette condition, qu'au sein des villes, et une rémunération plus en rapport avec ses besoins. Mais l'Etat peut-il et doit-il assurer le travail à vingt millions d'agriculteurs français?

Mentor a raison d'encourager et d'honorer l'agriculture, comme elle le mérite; il a raison de préparer l'abondance, pour faciliter les mariages, et, par suite, multiplier la population. Ne nous méprenons pas, toutefois, sur cette abondance que Mentor permet aux laboureurs. Elle ne consistera que dans le pain et dans les fruits de leur propre terre, gagnés à la sueur de leur visage. Il faudra même prendre garde, en arrachant les vignes superflues, que chez eux le vin ne devienne trop commun, tant il cause de maladies, de séditions, de querelles et de vices. Tout-à-l'heure, Mentor comptait, pour enrichir la France, sur le commerce des vins; maintenant, il en redoute l'abondance. Encore une fois, comment concilier la prospérité du commerce avec la vente de si peu de denrées?

Platon avait toujours eu du penchant pour la communauté[1], qui lui paraissait la perfection de l'unité, âme de son système. Mais, pour ne pas demander trop à des hommes nés, nourris et élevés comme ils l'étaient de son temps, il renonça à la communauté, en essayant de s'en éloigner le moins possible[2]. Il admet

[1] *République*, passim. — [2] *Lois*, passim.

le partage, mais le partage égal. Un des fondements de la société de Fénelon, c'est le partage des terres. Dans un de ses *Dialogues des morts*[1], Solon, dont il emprunte la voix, ne voudrait qu'une étendue très-bornée de terre dans chaque famille ; que ce bien fût inaliénable, et que le magistrat le partageât également aux enfants, après la mort du père. Quand les familles multiplieraient trop, on enverrait une partie du peuple fonder une colonie. Fénelon corrige ainsi ce qu'il trouve d'excessif dans les conséquences du principe de Platon, savoir : que chaque propriétaire n'est que le fermier de l'Etat ; que l'héritage ne se transmet qu'à un seul enfant, au détriment des autres ; que la réduction de la population est nécessaire.

Pour tenir les sujets dans une continuelle modération, Mentor détermine l'étendue des terres que chacun devra posséder. « Il ne faut, dit-il, permettre à chaque famille, dans chaque classe, de pouvoir posséder que l'étendue de terre absolument nécessaire pour nourrir le nombre des personnes dont elle sera composée. Cette règle étant inviolable, les nobles ne pourront point faire d'acquisitions sur les pauvres ; tous auront des terres, mais chacun en aura fort peu, et sera par là excité à les bien cultiver[2]. » Nous trouvons encore les traces d'un projet analogue dans les *Plans*. « Autorité des Etats pour ne laisser aucune terre inculte ; empêcher l'abus des grands parcs nouveaux, fixer le nombre d'arpents, s'il n'y a labour[3]. »

Comme Tibérius Gracchus, s'il nous est permis de rapprocher ce nom de celui de Fénelon, l'auteur du *Télémaque* était douloureusement affecté de l'extension des grandes propriétés. Il avait pu voir avec regret des nobles s'emparer des champs des pauvres en les achetant, ou peut-être même en les envahissant par la violence. Qui ne connaît l'aventure de ce pauvre tailleur[4] dont un seigneur fait démonter la cabane pour en débarrasser son avenue ? Aussi, que de terres incultes dans les grands parcs de l'aristocratie, pendant que tant de citoyens n'avaient pas un coin de champ à labourer ! Fénelon veut arrêter en même temps les

[1] Solon et Justinien, t. II, p. 362. — [2] *Télémaque*, X, p. 75. — [3] Art. II, § 2, 5°. — [4] Voy. Saint-Simon, vol. II, p. 169 et suiv.

envahissements des nobles, et assurer aux classes inférieures une portion du sol. Il prévoit que la division de la propriété sauvera l'agriculture ; il jette la semence d'un principe d'économie politique nouveau pour son temps, et qui germera et portera ses fruits. Mais, en appliquant ce principe, il aboutit encore à la chimère, puisqu'il rêve l'égalité des fortunes. Cette égalité ne serait possible que dans une société où les hommes auraient les mêmes besoins, les mêmes désirs, les mêmes vertus. Autrement, l'un aspirerait toujours à posséder plus que l'autre; tel qui, par paresse, par négligence, laisserait dépérir sa terre, se ruinerait et serait obligé d'acheter, à son détriment, le secours de tel autre. En outre, il est puéril de prétendre guérir par ce remède les maux des sociétés. Ces maux naissent plutôt de l'inégalité des honneurs que de celle des fortunes, et des passions désordonnées que du besoin. C'est le désir du superflu et non le besoin qui fait commettre les grands crimes. On n'usurpe pas la tyrannie pour se garantir des intempéries de l'air. Il faudrait remonter à la source de tous les dérèglements, et, au lieu de niveler les fortunes, niveler les passions. Mais comment ? Ce serait tenter l'impossible.

Les dernières recommandations de Mentor à Idoménée concernent l'établissement d'écoles publiques, où les enfants apprennent à craindre les dieux, à aimer la patrie, à respecter les lois, à préférer l'honneur aux plaisirs et à la vie même ; la création de magistrats qui veillent sur les familles et sur les particuliers ; l'obligation, pour le prince, d'y veiller lui-même.

Fénelon pense, avec Platon, que les enfants appartiennent moins à leurs familles qu'à la république. Aux yeux de Platon, si la vertu est le meilleur ressort des Etats, elle en est la fin ; en sorte que le vrai art politique n'est point l'art du législateur, mais de l'instituteur. L'éducation a plus de force que les lois. Les lois ne rendent pas les hommes plus sages ; l'éducation seule, les prenant au berceau, peut former les mœurs, qui protégeront et défendront la république, et rendront, s'il est possible, les lois même inutiles. Rien de plus vrai que ces principes : la fin de la politique, c'est la vertu ; l'éducation en est le moyen.

Il est à observer que le grand docteur du moyen âge, saint Thomas d'Aquin, professe sur l'éducation la même doctrine que Fénelon. *Ad eum, qui rempublicam regit, pertinet ordinare de nutritionibus et instructionibus juvenum, in quibus exerceri debeant, et quales disciplinas unusquisque addiscere et usquequò habeat*[1]. Si nous avons des réserves à faire sur les doctrines des anciens théologiens, c'est en faveur de la famille et non de l'Etat, à qui ils donnent tout. On n'avait pas encore inventé la maxime anarchique, que *l'Etat n'a pas le droit d'enseigner*.

Telle est l'organisation intérieure de la colonie de Salente. Le rapprochement que nous avons établi entre les prescriptions du *Télémaque* et les projets des *Mémoires*, nous a permis de retrouver plus d'une fois, dans les vues de Mentor, celles de Fénelon lui-même. Il n'écrivait donc pas, dans le *Télémaque*, en poète bien éloigné de croire que l'Etat social qu'il imaginait fût jamais réalisable, mais en homme disposé à tenter, s'il eût pris en main le gouvernail de l'Etat, l'application de ses théories : oubliant que, dans la société humaine, il ne faut pas perdre de vue les sept péchés capitaux. Nul doute que ses règlements ne prennent leur source dans les sentiments les plus purs, dans son ardent amour de l'humanité. Sans le luxe des riches, je ne sais trop ce que deviendraient les pauvres ; toutefois, rien de plus respectable que sa passion de réprimer le faste, quand, beaucoup n'ayant pas de pain, tant de citoyens, indifférents à la détresse publique, se plaisent « à créer des jardins où l'on renverse toute la terre ; des jets d'eau, des parcs sans bornes, des maisons dont l'entretien surpasse le revenu des terres où elles sont situées[2] ; » rien de plus touchant que sa sollicitude pour l'affermissement de la paix, le progrès des bonnes mœurs, le sort des marchands, des artisans et des laboureurs. Il est, comme La Bruyère, saisi de pitié pour ceux qui « épargnent aux autres hommes la peine de semer, de labourer et de recueillir pour vivre, et méritent ainsi de ne pas manquer de ce pain qu'ils ont semé[3]. » Aussi admirons-nous sans réserve les nobles et géné-

[1] *Contra impugnantes religionem*, XIXe opuscule, p. 549, col. 2. — [2] *Ex. de consc.*, art. II, § 12, déjà cité. — [3] *Caractères*, XI, p. 218.

reuses intentions qui l'animaient. Son utopie, qui est un rêve de Platon associé à la poésie d'Homère, prend un intérêt particulier, quand on songe à sa situation près de l'héritier du trône.

Malheureusement, plusieurs des réformes qu'il propose sont condamnées par l'expérience. Son esprit, qu'on a pu accuser avec raison d'être quelquefois chimérique, transporte volontiers sa poésie et son idéal dans les choses humaines. Ne veut-il pas créer, après Platon, une république nouvelle fondée sur le partage des biens, les lois somptuaires, les mœurs pastorales et pacifiques des peuples primitifs? Ennemi des relations multiples de la civilisation, il donne l'exemple, qui sera suivi par Jean-Jacques Rousseau, de reporter l'idéal en arrière. Il semble ignorer que l'aiguillon qui pousse les nations en avant, c'est l'amour du changement et de la variété. La vie ne s'accommode point de l'immobilité. Aussi enferme-t-il les hommes dans un cercle impuissant à les contenir.

Les chimères de Fénelon lui ont valu bien des railleries, surtout de la part de Voltaire, qui, avec ses goûts de grand seigneur, regrettait assez peu l'âge d'or, et ne se plaignait pas de son siècle de fer. On connaît l'irrévérencieuse boutade de Voltaire, qui, faisant dans *le Mondain* l'éloge du luxe, va jusqu'à dire :

... Je consens de grand cœur
D'être fessé dans les murs de Salente,
Si je vais là pour chercher le bonheur.

Il ne croyait ni à l'innocence, ni à la simplicité du monde naissant, et il aimait la civilisation jusqu'à faire grâce aux vices qu'elle introduit ou qu'elle favorise.

Ce qui explique le mot si connu de Louis XIV sur l'archevêque de Cambrai, c'est d'abord le dessein poursuivi par Fénelon d'appliquer la morale chrétienne à la politique, puis celui de fortifier la monarchie en la limitant ; enfin, les naïvetés charmantes auxquelles son âme honnête s'abandonne dans le *Télémaque*. Il y avait bien, dans Louis XIV, l'homme de bon sens et l'esprit pratique, incompatible aux rêveurs ; mais aussi, quand, pour satisfaire ses fantaisies ruineuses, il écrasait la France d'impôts ; quand, pour amener de l'eau à Versailles, en dépit de la nature, il faisait périr trente mille hommes dans des travaux qu'on ne put achever, il devait moins que jamais goûter les chimères de Fénelon, et il est permis de croire que ces prodigalités énormes et cette magnificence extravagante n'ont pas peu contribué à augmenter dans l'âme de l'auteur du *Télémaque* cette horreur du luxe, cet amour de la simplicité qu'il a souvent poussés trop loin.

Son imagination, éprise de l'idéal, s'élevait, pour ainsi dire, de la terre vers le ciel; non content de ce qui était, il cherchait ce qui devait être, pour le bien moral et matériel de l'homme. Pour rendre la foi plus vive, il nous emporte sur les ailes de l'amour de Dieu, et veut rallier nos intelligences et nos cœurs sur des hauteurs inaccessibles aux brouillards et aux nuages; pour assurer l'ordre et la paix de la société, il nous offre le modèle d'une république d'où les vices et les passions disparaissent, pour faire place à la paix, à l'ordre, à la justice, à la bonne foi, en un mot, à la vertu, qui tient enfin lieu de toute loi. C'est par ce côté que son génie a quelque parenté avec celui de Platon, dont il a étudié la Politique, la République et les Lois. Disons, pour épuiser les rapprochements que suggère la lecture du *Télémaque* entre Fénelon et le philosophe grec, que l'un et l'autre se représentent la politique comme une sorte de gouvernement paternel des âmes; que, comme Homère, ils considèrent les rois comme les *pasteurs* des peuples, dont l'œuvre se confond avec celle de l'éducation et de la formation des caractères; qu'enfin, par amour de l'ordre, ils redoutent le phénomène et le changement, et croient trouver l'idéal qu'ils cherchent dans l'immobilité de leur état social, dans l'uniformité des mœurs et des actions.

Il y a aussi quelque conformité entre le plan de réforme sociale de Fénelon et celui de Thomas Morus, éminent personnage du seizième siècle, homme d'Etat célèbre, et l'un des plus habiles écrivains de son temps, qui emprunte à Platon l'idée d'une république idéale. Comme Morus, dans l'*Utopie*, Fénelon éprouve un vif intérêt pour les classes qui souffrent et une profonde sympathie pour les maux de la société; comme lui, il craint les maux qu'engendre l'inégalité des propriétés; seulement, au lieu d'y remédier, comme lui, par la communauté, il y remédie en interdisant à chaque famille de posséder plus de terre qu'il ne lui en faut pour la nourriture des membres dont elle est composée.

Mais rapprochons plutôt Salente des missions du Paraguay. Là, les jésuites avaient cinquante paroisses gouvernées par autant de Pères, qui ressortissaient eux-mêmes au Père provincial, vrai roi du Paraguay; gouvernement singulier, fondé sur une espèce de communisme théocratique. Après avoir introduit le christianisme chez ces peuplades, ils les attachaient au sol, et les multipliaient par la culture, comme Mentor veut le faire à Salente. Mais qu'il y avait loin entre une société modèle et un peuple enfant, destiné par son éducation à une éternelle enfance, où la personnalité humaine était à naître, où la propriété n'existait pas, où la famille existait à peine, le pouvoir paternel étant tout entier dans les mains des moines-rois, avec le sol et les productions du sol!

En relisant ces pages quelque peu poudreuses, où Fénelon a mêlé à ses plans de gouvernement et de société ses pastorales arcadiennes, comment, enfin, ne pas songer aux passions et aux paradoxes qui se donnent aujourd'hui rendez-vous sur la place publique? Comment ne pas parler des utopies de notre époque, où certains esprits rêvent encore le partage ou la communauté des biens, et la division des citoyens en classes? Encore une fois, l'égalité des fortunes n'est ni durable ni de nature à guérir les maux de la société. D'un autre côté, les hommes ne s'intéressent guère à ce qui est commun. Et puis, c'est trahir la nature, que de détruire la propriété. Qui peut dire ce qu'a de délicieux le sentiment de la propriété? Elle n'est pas seulement la satisfaction de l'égoïsme, elle est, comme le disait Aristote aux partisans de la communauté, elle est le moyen de rendre service à ses amis, à ses hôtes, et c'est détruire la libéralité que d'ôter aux citoyens l'usage de leurs biens. Croit-on détourner la source des querelles en mettant les biens en commun? Toutes les dissensions qui partagent les hommes naissent de leur perversité bien plus que de la propriété individuelle, et les divisions ne sont pas moins communes entre les propriétaires des biens communs qu'entre ceux qui ont des biens personnels. Enfin, le saint-simonisme, qui voudrait classer les hommes d'après leurs capacités, nous montrera-t-il un jury assez éclairé pour distinguer infailliblement entre ces capacités? Il nous le montrerait, que nous ne croirions pas à la possibilité ni à la justice d'une subordination qui ne serait, comme celles de Platon, de Solon et de Fénelon, qu'une séparation humiliante de classes, et à laquelle les hommes échapperaient bien vite en faisant brèche par une révolution. Il serait grand temps que notre époque se guérît de ces utopies du socialisme, qui ont troublé et troublent encore tant de cerveaux, et qui ont excité, parmi les citoyens de notre pays, des divisions si funestes.

Après avoir montré ce qu'ont de chimérique les projets d'amélioration politique et sociale de Fénelon, il est temps d'en dégager les principes profonds et les vues pleines de portée auxquelles le temps a donné raison.

Ce que Fénelon redoutait, c'étaient les conséquences d'un pouvoir absolu. Il a eu raison d'y chercher un contrepoids. Sa théorie de la pondération des pouvoirs est devenue aujourd'hui une des doctrines favorites du libéralisme modéré.

En voulant pour le peuple le droit de voter les subsides extraordinaires, il lui a accordé une part légitime dans le gouvernement, et l'a ainsi acheminé à la conquête du droit plus important qu'il possède aujourd'hui, de voter les impôts ordinaires.

Il a proscrit la contrainte appliquée à la conscience, et préparé le triomphe de la tolérance religieuse, qui a prévenu le retour de sanglants conflits.

Il a proclamé la liberté du commerce intérieur et extérieur, laquelle devait donner un nouvel essor à l'industrie, et accroître la richesse publique.

Il a défendu avec éloquence la cause de l'agriculture, et éclairé les hommes sur un des plus grands principes du bonheur des Etats.

Il a compris le danger de l'émigration des campagnes dans les villes, et appelé ainsi l'attention bienveillante des gouvernements sur le sort des paysans.

Il a voulu mettre un terme à l'extension des grands domaines, et senti que la division de la propriété, en rendant beaucoup des terres à la culture, préserverait désormais les peuples de la disette et de la famine.

S'il n'accorde pas assez à la famille dans l'éducation des enfants, du moins il a eu raison d'y revendiquer les droits de l'Etat. Comme c'est par les mœurs que les gouvernements se maintiennent, et que c'est par l'éducation que se forment les mœurs, elle doit être en grande partie entre les mains de l'Etat.

Enfin, il a appris aux dépositaires de la puissance, quels qu'ils soient, qu'ils ne l'ont reçue que pour veiller au bonheur et à la vertu des sujets ; qu'établis non pour leur propre bien, mais pour celui de la nation, ils doivent sacrifier leur intérêt particulier à l'intérêt de tous.

VI.

Des résultats de l'éducation du duc de Bourgogne.

Maintenant que nous connaissons l'esprit et le cœur de Fénelon, il est intéressant de rechercher quelle influence il exerça sur le duc de Bourgogne, pour qui spécialement il avait composé le *Télémaque*. Et d'abord, rappelons-nous ce qu'était le prince dans son enfance. « Monseigneur était né avec un naturel à faire trembler. Il était fougueux jusqu'à vouloir briser ses pendules lorsqu'elles sonnaient l'heure qui l'appelait à ce qu'il ne voulait pas, et jusqu'à s'emporter de la plus étrange manière contre la pluie, quand elle s'opposait à ce qu'il voulait faire. La résistance le mettait en fureur. D'ailleurs, un goût ardent le portait à tout ce qui était défendu au corps et à l'esprit; sa raillerie était d'autant plus cruelle qu'elle était plus spirituelle et plus salée, et qu'il attrapait tous les ridicules avec justesse. Tout cela était aiguisé par une vivacité de corps et d'esprit qui allait à l'impétuosité, et qui ne lui permit jamais, dans ces premiers temps, d'apprendre rien qu'en faisant deux choses à la fois. Tout ce qui est plaisir, il l'aimait avec une passion violente, et tout cela avec plus d'orgueil et de hauteur qu'on n'en peut exprimer; dangereux de plus à discerner et gens et choses, et à apercevoir le faible d'un raisonnement et à raisonner plus fortement et plus profondément que ses maîtres[1], » etc. Tel était l'élève de Fénelon. Il avait reçu de la nature une ardeur qui, dans la jeunesse d'un prince de ce rang, paraissait assurément redoutable. Aussi, quelle responsabilité pour son précepteur!

Comme le jeune prince était doué d'une rare pénétration et

[1] Saint-Simon, *Mém.*, vol. VIII, ch. x, p. 205, 206.

qu'il avait du goût et de la facilité pour toutes les sciences, Fénelon vit d'abord qu'il aurait peu de peine à orner son esprit, s'il parvenait auparavant à soumettre et à dompter sa nature indocile. Le caractère de Fénelon, mélange de fermeté et de complaisance, de patience et de souplesse, était du reste très-heureusement disposé pour une tâche où les lumières de l'esprit ne suffisent pas. Il aimait l'enfance, mais ne la craignait pas; il s'y dévouait sans s'y asservir. Son affection pour elle ne dégénérait pas en faiblesse. Il l'attirait en même temps et la dominait. Il usa donc de sa tendresse et de sa force pour prendre sur son élève l'ascendant nécessaire. Toutefois, ces deux qualités, qu'il possédait dans un rapport plein d'harmonie, ne suffiraient pas à expliquer les succès de Fénelon comme précepteur, si nous n'y ajoutions le prestige qu'il exerçait, le respect qu'il imposait par ses vertus. Supposez qu'il eût donné prise par quelque travers ou quelque faute à la raillerie cruelle du royal enfant; il n'eût sans doute pas facilement conservé sur lui son autorité. Notre expérience nous a appris combien la stratégie du jeune âge est féconde en artifices, et combien il est dangereux, pour un maître de la jeunesse, de se compromettre en quoi que ce soit aux regards pénétrants et infatigables des enfants; ils sentent leur moindre avantage, et en profitent largement.

Fénelon, trop prudent et trop sage pour donner prise sur lui à la finesse du prince, parvint à le discipliner. Dès lors il put avoir la confiance que son élève ferait de rapides progrès dans les belles-lettres, avec son esprit vif, juste, et « naturellement porté aux sciences difficiles, curieux de tout rechercher et plein de bonne foi en ses recherches[1], » et qu'il se pénétrerait des leçons de morale et de politique destinées à faire de lui un homme vertueux et un grand prince. Nous savons déjà combien, à huit ans et demi, il sentait les beautés de Racine et de Virgile. « Je n'ai jamais vu, écrivait Fénelon au P. Martineau, aucun enfant entendre de si bonne heure et avec tant de délicatesse les choses les plus fines de la poésie et de l'éloquence. Il concevait sans peine les principes les plus abstraits[2]. » Bossuet, qui l'inter-

[1] Saint-Simon, vol. XIII, ch. x, p. 205 et 206. — [2] 14 nov. 1712, lettre 274.

rogea, reconnut lui-même que, pour son âge, il possédait un merveilleux fond de connaissances. Mais nous avons plutôt à mettre ici en lumière l'influence qu'il reçût des enseignements mêmes du *Télémaque*.

Etudions ses dispositions dans la correspondance de Fénelon, qui s'informait de sa conduite près des ducs de Beauvilliers et de Chevreuse, et lui transmettait avec une singulière franchise tous les fruits qu'il recueillait sur lui, en l'invitant à tenir compte, pour s'amender, de l'opinion publique. Fénelon nous le fera connaître comme homme, comme chrétien, comme général; Saint-Simon nous apprendra quelles maximes il se proposait de suivre comme roi.

Le duc de Bourgogne vécut recueilli, humble et mortifié, avec la douceur, la bonté, la modération et la patience la plus édifiante. Il n'aimait pas les louanges, il les laissait tomber d'abord; et, si on lui en parlait, il disait simplement qu'il connaissait trop ses défauts pour être loué. Il écoutait les reproches avec reconnaissance, au point que Fénelon, de son propre aveu, ne craignait point de lui déplaire, en lui disant contre lui-même les plus dures vérités. Il était si sincère et si ingénu, que son précepteur n'avait qu'à l'interroger pour apprendre de lui les fautes qu'il avait faites. « Un jour, dit-il, il était en très-mauvaise humeur, et il voulait cacher, dans sa passion, ce qu'il avait fait en désobéissant. Je le pressai de me dire la vérité devant Dieu. Alors il se mit en grande colère, et s'écria : « Pourquoi me le » demandez-vous devant Dieu? Eh bien! puisque vous me le de» mandez ainsi, je ne puis pas vous désavouer que j'ai fait » telle chose [1]. » La religion le dominait assez pour lui arracher un si pénible aveu.

Ces vertus, on le voit, sont de celles que Mentor recommande à Télémaque. Mais le prince en poussa quelques-unes à l'excès; car, selon saint Paul, il faut garder la mesure même dans la sagesse : *Sapere ad sobrietatem* [2]. Le bruit se répandait que ses maximes scrupuleuses allaient jusqu'à ralentir son zèle pour la conservation des conquêtes du roi, et l'on ne manquait pas d'at-

[1] Lettre au P. Martineau. — [2] *Ep. aux Romains*, XII, v. 13.

tribuer ce scrupule aux instructions que Fénelon lui avait données dans son enfance. « Vous savez, lui écrivait à ce propos le prélat, combien j'ai toujours été éloigné de vouloir vous inspirer de tels sentiments; mais il ne s'agit nullement de moi, qui ne mérite d'être compté pour rien : il s'agit de l'État et des armes du roi, que je suis sûr que vous voulez soutenir[1]... » Quoi qu'il en soit, le duc de Bourgogne était, à cette époque de 1708, loin de réunir en lui les mérites du général. Trop ingénu, sans doute, il ne tenait pas ses délibérations assez secrètes, et les ennemis mêmes en étaient facilement informés; en outre, il ne se faisait pas avertir, et n'avait pas « assez le soin de prévoir, d'arranger, de remédier aux inconvénients et d'étudier le pays[2]. » Plusieurs personnes de condition et de mérite dans le service se plaignaient qu'il ne connût ni leurs noms ni leurs visages; malgré sa répugnance à écouter les conseils outrés de M. de Vendôme, il n'en suivait pas moins trop facilement ce que voulait le maréchal; il perdait du temps par un badinage et un enjouement qu'il ne proportionnait pas assez aux bienséances de son âge et à la grande fonction qu'il remplissait; enfin il s'enfermait trop souvent avec son confesseur, qui se mêlait de lui parler de guerre.

Sans doute, la nature ne l'avait pas doté de tous les talents propres à l'élever au rang des grands capitaines; mais comment ne pas attribuer certains des défauts qu'on lui reprochait à une observation trop étroite des doctrines du *Télémaque?* En lui, le ressort avait été brisé sous la main à la fois prudente et ferme de Fénelon; en lui dominait le chrétien, au détriment du prince et du général. Son caractère n'était pas au niveau de son cœur.

S'il n'apprenait pas assez à connaître les hommes, c'est que sa charité le conduisait à une ignorance entière des défauts et même des vertus du prochain. Il ne se réglait point sur cette maxime, que « la charité est due au public aux dépens du particulier[3]; » il éclairait les replis de son propre cœur et de sa conscience d'une lumière qu'il devait, pour le bien de l'Etat, porter

[1] 25 octobre 1708, lettre 191. — [2] Lettre 186, au duc de Bourgogne, 24 septembre 1708. — [3] Saint-Simon.

sur les autres hommes, afin de les étudier et de faire un choix utile parmi eux.

La voix publique se trompait-elle, en rejetant sur les instructions du *Télémaque* la mollesse du duc de Bourgogne à défendre les places conquises par son aïeul? Rappelons-nous combien Mentor met le roi conquérant au-dessous du roi pacifique, et de quelles sombres couleurs il peint l'ambition. Le tableau des fautes d'Idoménée, dans lesquelles le prince pouvait facilement reconnaître celles de Louis XIV, ne contribuait-il pas à dégrader le vieux roi aux yeux de son petit-fils? Toujours est-il qu'un jour Fénelon se plaignit, dans une lettre au duc de Chevreuse, de ce que le duc de Bourgogne n'eût pas assez ménagé la réputation de Louis XIV, en disant que ce que la France souffrait alors venait de Dieu, qui voulait lui faire expier ses fautes passées. Pourtant, Fénelon n'était pas très-bien venu à blâmer le jeune prince d'une critique dont il avait fourni les éléments dans son *Télémaque*.

Encore un trait qui montre la fidélité du prince aux leçons du *Télémaque*. A l'exemple du fils d'Ulysse, qui laisse la vie au transfuge Acante, il crut un jour qu'en raison de circonstances particulières, on pouvait sans inconvénient épargner le dernier supplice à un espion ennemi qui s'était introduit dans son camp, et les représentations des autres généraux ne purent le détourner de cet acte de clémence.

Nous sera-t-il permis de dire qu'il montrait, par ce qu'il était devenu entre les mains de Fénelon, les inconvénients d'une éducation particulière? Le plus souvent aux côtés de son pieux et grave précepteur, dont il subissait l'ascendant, il avait facilement acquis les qualités qui font le chrétien modeste, doux, résigné, charitable, et qui sont l'ornement d'une vie privée, mais non celles qui sont nécessaires à un jeune prince et que réclame la vie publique : la résolution, la largeur des vues, et, par dessus tout, la connaissance des hommes, qui doit présider à la distribution des charges et des dignités. Le vice de l'éducation du duc de Bourgogne est le vice de la direction spirituelle de l'époque; l'une et l'autre tenaient trop l'âme à la lisière; la personnalité tendait à disparaître sous cette influence absorbante, et, avec la personnalité, l'énergie et la résolution.

Toutefois, si le duc de Bourgogne dut quelques défauts à Fénelon, hâtons-nous de dire qu'il dut également à Fénelon de s'en corriger. Le prélat, sachant que son élève est trop « particulier, » veut, dans ses lettres, le voir accessible, ouvert à tous ; à lui de s'entourer des personnes les plus considérées, et de proportionner ses témoignages de confiance à la réputation publique de ceux à qui il les accorde. Il veut surtout le mettre en garde contre une dévotion sombre. « Pour votre piété, si vous voulez lui faire honneur, vous ne sauriez être trop attentif à la rendre douce, commode, sociable. Il faut vous faire *tout à tous* pour les gagner tous[1]. » Et dans une autre lettre, à quelques jours de là : « Vous devez faire honneur à la piété et la rendre respectable dans votre personne. Il faut la justifier aux critiques et aux libertins. Il faut la pratiquer d'une manière simple, douce, noble, forte et convenable à votre rang... Un prince ne peut point, à la cour et à l'armée, régler les hommes comme des religieux... Je prie Dieu tous les jours que l'esprit de liberté sans relâchement vous élargisse le cœur, pour vous accommoder aux besoins de la multitude[2]. » Là, Fénelon parle en esprit pratique et qui sent les qualités nécessaires à un roi.

Fénelon, affligé de l'acharnement que la corruption et la malveillance mettent à dénigrer son élève, ne néglige aucune occasion de le pénétrer de ses grands devoirs et « d'élargir » son cœur. Rien de chimérique dans les avis qu'il lui donne directement ou par l'intermédiaire du duc de Chevreuse. Il veut lui inspirer enfin la hardiesse dans l'action, la noblesse dans le procédé et dans la démarche, tout ce qui orne et qui impose, et qui donne au pouvoir sa douceur et sa majesté. « Qu'il soit de plus en plus petit sous la main de Dieu, mais grand aux yeux des hommes. C'est à lui à faire aimer, craindre et respecter la vertu jointe à l'autorité. Il est dit de Salomon qu'on le craignait, voyant la sagesse qui était en lui[3]. » Il veut qu'il n'ait plus rien de l'éco-

[1] 27 septembre 1708, lettre citée. — [2] 15 octobre 1708, lettre 189. — [3] Au duc de Chevreuse, 8 juillet 1710, lettre 227.

lier, et qu'il cesse, une fois pour toutes, de trop raisonner, au lieu d'agir ; qu'il voie les hommes, les étudie et les entretienne, sans se livrer à eux, qu'il apprenne à parler avec force, et acquière une autorité douce. « Les amusements puérils apetissent l'esprit, affaiblissent le cœur, avilissent l'homme et sont contraires à l'ordre de Dieu[1]. » Il se méfie jusqu'à la fin ; on a beau lui dire du bien de son élève : il ne sera rassuré que quand il le saura libre, ferme et en possession de parler avec une force douce et majestueuse.

Enfin, Fénelon va recevoir la récompense de ses efforts. Il lui revient, en effet, par les lettres de la cour, que le duc de Bourgogne « fait très-bien, et que sa réputation, qu'on avait attaquée, commence à devenir telle qu'elle a besoin d'être pour le bien public[2]. » Quelques jours après, il apprend encore « que P. P. (le duc de Bourgogne) fait mieux, que sa réputation se relève, qu'il aura de l'autorité[3]. » Il en remercie Dieu, et prend courage et confiance. Mais, ô vanité des espérances humaines ! la mort prématurée du jeune prince lui enlève celui qu'il croyait né pour la plus grande gloire de l'Eglise et de l'Etat. « Je suis saisi d'horreur, écrit-il au duc de Chevreuse[4], et malade de saisissement sans maladie. En pleurant le prince mort qui me déchire le cœur, je suis alarmé pour les vivants. » En lisant ces lignes, nous éprouvons encore aujourd'hui quelque chose de la douleur de Fénelon. Dieu, qui avait formé et orné ce jeune prince, qui l'avait préparé pour les plus grands biens, venait de le ravir au monde, après le lui avoir montré quelque temps comme un autre Marcellus :

> Ostendent terris hunc tantum fata, neque ultra
> Esse sinent !
> Heu ! pietas, et prisca fides[5] !

Le coup fut d'autant plus terrible pour Fénelon, que le duc de Bourgogne lui semblait le vrai roi de l'avenir, propre à guérir les maux dont souffrait la France. Le prince devait d'abord ôter la confusion des classes de la société et mettre les gens en leur

[1] Lettre au duc de Chevreuse, 5 janvier 1711, lettre 241. — [2] Au même, 9 juin 1701, lettre 246. — [3] Id., 24 août 1711, lettre 250. — [4] 27 février 1712, lettre 260. — [5] Virgile, *Enéide*, VI, v. 869-878.

place. « L'anéantissement de la noblesse, dit Saint-Simon, lui était odieux, et son égalité entre elle insupportable. Cette dernière nouveauté, qui ne cédait qu'aux dignités, et qui confondait le noble avec le gentilhomme, et ceux-ci avec les seigneurs, lui paraissait de la dernière injustice, et ce défaut de gradation une cause prochaine de ruine et destructive d'un royaume tout militaire.

... Quant aux moyens, il était touché jusqu'au plus profond du cœur de la ruine de la noblesse, des voies prises et toujours continuées pour l'y réduire et l'y tenir, de l'abâtardissement que la misère et le mélange du sang, par les continuelles mésalliances nécessaires pour avoir du pain, avaient établi dans les courages et pour valeur, et pour vertu, et pour sentiments. Il était indigné de voir cette noblesse française, si célèbre, si illustre, devenue un peuple presque de la même sorte que le peuple même, et seulement distinguée de lui en ce que le peuple a la liberté de tout travail, de tout négoce, des armes mêmes, au lieu que la noblesse est devenue un autre peuple qui n'a d'autres choix qu'une mortelle et ruineuse oisiveté, qui, par son inutilité à tout, la rend à charge et méprisée, ou d'aller à la guerre se faire tuer, à travers les insultes des commis et des secrétaires d'État, et des secrétaires des intendants, sans que les plus grands de cette noblesse par leur naissance et par leurs dignités, qui, sans les sortir de son ordre, les met au-dessus d'elle, puissent éviter ce même sort d'inutilité, ni les dégoûts des maîtres de la plume lorsqu'ils servent dans les armées[1]. » Ainsi, relever la noblesse de son abaissement, lui rendre dans les affaires la place usurpée par les hommes de plume et de robe, la favoriser par des distinctions, c'étaient là les projets que caressait le jeune prince. Mais, associé aux idées aristocratiques de Fénelon, il l'était aussi à ses idées généreuses de progrès et de bien public. Il condamnait le nombre immense des gens employés à lever et à percevoir les impositions ordinaires et extraordinaires, et la manière de les lever; la multitude des offices et des officiers de justice, celle des procès, des chicanes, des frais ; la prolongation des affaires, les ruines qu'elles

[1] Saint-Simon, vol. X, ch. IV, p. 108, 109.

entraînaient et les cruautés qui s'y commettaient. Pour être informé des maux et des remèdes, il voulait, de tous les Etats de provinces, former quelquefois des Etats généraux du royaume; libérer les charges de cour et de guerre, pour en ôter la vénalité; détruire, pour exciter l'émulation, l'ordre du tableau introduit par Louvois. Il étudiait les affaires, et, si elles étaient grandes, y travaillait avec les gens du métier; ce qu'il cherchait dans la conversation, c'était l'utile; il aimait à faire parler les gens sur les guerres et les places, sur la marine et sur le commerce, sur les cours et les pays étrangers. Enfin, la maxime que « les rois sont faits pour les peuples, et non les peuples pour les rois ni aux rois, » était si avant imprimée dans son âme, qu'elle lui avait rendu le luxe et la guerre odieux.

Ainsi, produit assez illogique de prétentions aristocratiques et de sympathies populaires, assemblage de souvenirs féodaux et d'aspiration libérales, les plans de gouvernement de Fénelon avaient rencontré dans son élève une chaleureuse adhésion. Ce prince, de qui nous pouvons dire : « Ah! si tu échappes à ton cruel destin, tu seras Marcellus,

> Heu! miserande puer, si quâ fata aspera rumpas,
> Tu Marcellus eris[1]!

ce prince, s'il eût vécu, eût-il sauvé la monarchie? Nul ne le sait. Nous ne doutons pas néanmoins que les choses n'eussent pris, en France, un autre tour, si, au lieu de la Régence et de Louis XV, l'élève de Fénelon eût reçu le dépôt des destinées de la patrie. Le cri d'un peuple décimé, écrasé par la guerre et par l'impôt, avait déchiré le cœur du jeune prince, et la France espérait sous lui un avenir de paix et de réparation.

[1] *Enéide*, VI, 882, 883.

VII.

Des allusions plus ou moins directes qui sont faites, dans le *Télémaque*, aux personnages de la cour de Versailles.

Louis XIV, effrayé de l'impression produite par le *Télémaque* en France et à l'étranger, garda contre le précepteur de son petit-fils un ressentiment qui ne s'adoucit, au rapport de Saint-Simon, que dans les dernières années de son règne. Il crut voir en lui non-seulement un bel esprit chimérique, mais un ingrat et un ennemi. Mais, quand nous n'aurions pas, pour nous éclairer, les affirmations de Fénelon lui-même, nous refuserions d'admettre qu'il eût obéi à des sentiments d'inimitié et d'ingratitude, comme ceux qu'on lui attribuait. Le soupçonner d'avoir voulu dégrader Louis XIV et tourner contre lui la malveillance publique, ce serait, pour nous servir de l'expression de Tacite parlant d'Agricola, faire injure à ses vertus [1]. Il s'est expressément défendu d'avoir eu cette intention, et nul ne peut douter de sa parole. S'il fit des allusions à Louis XIV, ce ne fut point la rancune qui les lui dicta.

A l'époque très probable où il mit la première main au *Télémaque*, il jouissait de la faveur du roi et recevait les premières dignités de l'Eglise. Il était pénétré, pour lui, des plus profonds sentiments de reconnaissance et de respect. La preuve en est manifeste dans ses lettres les plus confidentielles. Quand sa disgrâce fut complète, il ne se vengea qu'en faisant pour la prospérité du roi les vœux les plus sincères, et en prodiguant ses soins et son argent aux malades et aux blessés de l'armée de Flandre, au point qu'il devint l'idole des gens de guerre et que

[1] Injuria virtutum fuerit. *Agricola*, § 2.

son nom retentit au milieu de la cour. Les troupes manquant de tout, il fit à M. de Chamillard, ministre de la guerre, les offres les plus généreuses, et le pria de disposer de ses blés. Il ne comptait pour rien son intérêt, dès que celui du roi paraissait. « De plus, disait-il, la reconnaissance me presse. Je dois aux anciennes bontés de Sa Majesté tout ce que je possède. Je lui donnerais mon sang et ma vie encore plus volontiers que mon blé [1]. »

Voyons comment il parlait encore, dans sa correspondance, de Louis XIV. Le 26 août 1697, il dit à M. de Beauvilliers [2] qu'il a été la veille, fête de saint Louis, en dévotion de prier pour le roi. « Jamais, continue-t-il, je ne me suis senti plus de zèle, ni, si j'ose le dire, plus de tendresse pour sa personne. Quoique je sois plein de reconnaissance, ce n'était pas le bien qu'il m'a fait dont j'étais alors touché ; loin de ressentir quelque peine de ma situation présente, je me serais offert avec joie à Dieu pour mériter la satisfaction du roi. Je regardais même son zèle contre mon livre (les *Maximes des saints*) comme un effet louable de sa religion et de sa juste horreur pour ce qui lui paraît nouveauté. » Il le croit digne des grâces de Dieu, tant il est entouré d'écueils, savoir : la flatterie, les mauvais conseils, les piéges qui lui ont été tendus pour exciter toutes ses passions ; il voudrait le voir devenir un autre saint Louis ; puis il ajoute : « Je consentirais à une perpétuelle disgrâce, pourvu que je susse que le roi serait entièrement selon le cœur de Dieu. Je ne lui désire que des vertus solides et convenables. » Noble désir ! Mais Fénelon, dans sa candeur, ne sentait-il pas que ce désir eût paru fort injurieux à Louis XIV, qui devait admettre peu qu'on lui *désirât* des vertus ?

Quand Fénelon formait ces vœux pour la prospérité et le salut du roi, le *Télémaque* était terminé ; et qu'on ne dise pas qu'il espérait que ces lignes tomberaient sous les yeux de Louis XIV ou même du public. Nul autre que le duc de Beauvilliers ne devait les connaître.

Voici comment il plaidait lui-même sa propre cause, et réfutait

[1] 20 novembre 1708, lettre 193. — [2] Lettre 95.

ses accusateurs. « Il aurait fallu que j'eusse été non-seulement l'homme le plus ingrat, mais encore le plus insensé, pour y vouloir faire (dans le *Télémaque*) des portraits satiriques et insolents. J'ai horreur de la seule pensée d'un tel dessein... C'est même une narration faite à la hâte, à morceaux détachés, et par diverses reprises; il y aurait beaucoup à corriger. L'imprimé n'est pas conforme à mon original. J'ai mieux aimé le laisser paraître informe que de le donner tel que je l'ai fait. Je n'ai jamais songé qu'à amuser le duc de Bourgogne par ces aventures, et à l'instruire en l'amusant, sans jamais vouloir donner cet ouvrage au public. Tout le monde sait qu'il ne m'a échappé que par l'infidélité d'un copiste. Enfin, tous les meilleurs serviteurs qui me connaissent savent quels sont mes principes d'honneur et de religion sur le roi, sur l'Etat et sur la patrie; ils savent quelle est ma reconnaissance vive et tendre pour les bienfaits dont le roi m'a comblé; d'autres peuvent être facilement plus capables que moi, mais personne n'a plus de zèle sincère [1]. »

Quel est celui que ne convaincrait point une déclaration d'un homme tel que Fénelon ? Il en fit une plus solennelle encore. La veille de sa mort, dans un moment si grave, où son âme allait prendre son essor vers le ciel, il écrivit au P. Le Tellier, et le pria de remettre au roi une lettre sur le spirituel de son diocèse, qui n'avait rien que de touchant, et qui ne convînt, au lit de la mort, à un grand évêque. « Je n'ai jamais, y disait-il, été un seul moment en ma vie sans avoir, pour la personne du roi, la plus vive reconnaissance et le zèle le plus ingénu, le plus profond respect et l'attachement le plus inviolable... Je souhaite à Sa Majesté une longue vie, dont l'Eglise aussi bien que l'Etat ont infiniment besoin. Si je puis aller voir Dieu, je lui demanderai souvent ces grâces [2]. »

Fénelon n'eût voulu faire la censure allégorique et méditée de Louis XIV que par ressentiment et par méchanceté ; or, nul n'eut plus de bonté, d'indulgence et de facilité à pardonner aux hommes le mal qu'il en recevait. Il accepte avec patience, que

[1] Au P. Le Tellier, 1710; lettre 212. — [2] Lettre dernière.

dis-je? avec je ne sais quelle joie toutes les épreuves qu'il plaît à la Providence de lui envoyer. « Tous nos attachements se tournent en croix; Dieu les rompt pour nous unir plus purement à lui[1]. » Ces sentiments se retrouvent souvent dans sa bouche, et lui inspirent une noble et sainte résignation dans ses amertumes.

Fénelon ne fit donc pas avec intention la satire du roi; mais en parlant des dangers et des passions de la toute-puissance, comment n'aurait-il pas atteint Louis XIV?

Fénelon eut une passion dans sa vie, s'il est permis d'appeler ainsi le besoin de direction dont il fut possédé. Il eût le goût de la remontrance et des moralités douces. Il dut plus d'une fois déplaire au roi par des avis qui, dans l'intimité de la direction, eussent été d'une heureuse sévérité, mais qui devenaient d'une témérité irrespectueuse dans un livre. Il prit même la liberté d'écrire à Louis XIV la fameuse lettre de 1693, si dure de reproches, et que peuvent seules justifier sa foi et sa charité. Quand on songe que cette lettre date de l'époque où Fénelon composait, selon toute probabilité, le *Télémaque*, on comprend que, touché des fautes de Louis XIV, auxquelles il attribuait les malheurs de la France, il les ait dénoncées dans son ouvrage, pour les faire éviter au jeune prince. Il devait craindre que son élève, que la Providence appellerait peut-être un jour à régner, ne s'abandonnât à des errements et à des passions si funestes. Comment s'étonner, après cela, que tant de passages du *Télémaque* rappellent et développent la *Lettre* de 1693? Seulement, Fénelon craignait que, s'il eût accumulé tous les défauts de Louis XIV sur un même personnage, sur un Adraste ou sur un Idoménée, son élève n'y reconnût trop facilement le portrait de son aïeul, et n'en devînt moins respectueux pour lui. Cette considération, n'en doutons pas, lui inspirait quelques scrupules.

Il explique lui-même comment il procéda pour la peinture de ses héros. « J'ai mis dans ces aventures toutes les vérités nécessaires pour le gouvernement, et tous les défauts qu'on peut avoir dans la puissance souveraine; mais je n'en ai marqué aucun avec une affectation qui tende à aucun portrait ni carac-

[1] Voy. sa Correspondance.

tère; plus on lira cet ouvrage, plus on verra que j'ai *voulu dire tout*, sans vouloir peindre personne de suite[1]. » Ainsi, l'aveu est sincère : Fénelon a tout dit, mais sans vouloir faire le portrait de personne. Aussi, combien de traits du *Télémaque* ne semblent-ils pas viser particulièrement le roi? Louis XIV, que « ses ministres ont accoutumé à recevoir sans cesse des louanges outrées qui vont jusqu'à l'idolâtrie[2], » et à qui jamais ils n'ont représenté ses obligations, c'est Idoménée, « que la flatterie avait empoisonnée, » et qui n'avait « pu, même dans ses malheurs, trouver des hommes assez généreux pour lui dire la vérité[3]; » Louis XIV, qui aime la guerre et la fait pour ne rien rabattre de sa gloire, dont « les peuples meurent de faim[4], » c'est le roi du *Télémaque*, qui, « entièrement tourné à la guerre, voudrait toujours la faire pour étendre sa domination et sa propre gloire, et ruinerait ses peuples[5]; » Louis XIV, qui, dans ses conquêtes sur les nations voisines, a « préféré son avantage à la justice et à la bonne foi, » et a souffert des inscriptions orgueilleuses qui lui attribuaient la divinité, c'est Adraste, « prince violent, qui ne connaît que son intérêt, et qui ne perd aucune occasion d'envahir les terres des autres États, qui se fait rendre les honneurs divins[6]; » Louis XIV, infidèle aux traités, c'est Idoménée, « qui a violé toutes ses promesses à l'égard de ses plus proches voisins. »

Il serait facile de poursuivre ce rapprochement, qui, en montrant l'analogie des idées et quelquefois même des expressions de la *Lettre* et du *Télémaque*, ne laisserait pas douter que Fénelon ne se fût continuellement souvenu, en écrivant son poème, des défauts de Louis XIV. Mais il est juste d'ajouter qu'il s'est également souvenu de ses qualités. Bien des traits du *Télémaque* peuvent être avantageusement appliqués au roi. Par exemple, le jugement de Mentor sur Idoménée, qu'il trouve « droit et équitable[7], » ne rappelle-t-il point ces paroles de la *Lettre* : « Vous êtes né, Sire, avec un cœur droit et équitable? » Dans un des morceaux qu'il ajouta à son œuvre, et qui ne

[1] Au P. Le Tellier, lettre déjà citée. — [2] Lettre de 1693. — [3] *Télémaque*, X, p. 67. — [4] Lettre de 1693. — [5] *Télémaque*, V, p. 30. — [6] *Id.*, IX, p. 66. — [7] *Id.*, X, p. 71.

devaient paraître qu'après sa mort, prenant la défense des rois, que l'on condamne souvent avec amertume et injustice, ne s'applique-t-il pas à faire ressortir les qualités de Louis XIV sous le nom d'Idoménée, et à excuser les faiblesses que le roi a partagées avec toute l'humanité? « Idoménée, il est vrai, a été nourri dans des idées de faste et de hauteur; mais quel philosophe eût pu se défendre de la flatterie, s'il avait été en sa place?... Malgré tout ce que j'ai repris en lui, sa valeur est parfaite; il déteste la fraude quand il la connaît et qu'il suit librement la véritable pente de son cœur. Tous ses talents extérieurs sont grands et proportionnés à sa place[1]. » Celui qui excusait ainsi les rois avait-il pu chercher, selon Bossuet[2], à se mériter dans le public, avec la réputation du meilleur écrivain, l'honneur d'avoir seul le courage de dire la vérité? »

Quoi qu'il en soit, comment ne pas admirer la candeur avec laquelle Fénelon écrivait les allusions du *Télémaque*, en face d'un roi tel que Louis XIV? Bossuet, dans sa *Politique*, s'était arrêté à la monarchie absolue; Louis XIV allait jusqu'à la monarchie arbitraire : ses *Mémoires* et ses *Instructions* à son fils accusent la rigueur de ses doctrines sur les droits de la royauté. Quelle horreur n'y marque-t-il pas pour la condition des princes qui n'ont pas seuls la résolution des affaires? Le roi de France, écrit-il, « représente la nation entière; toute puissance, toute autorité résident dans ses mains, et il ne peut y en avoir d'autres dans ce royaume que celle qu'il établit[3]. » Selon lui, la nation ne fait pas corps en France, elle réside tout entière dans la personne du roi. Bossuet réservait le droit de la propriété individuelle; Louis n'admet pas cette réserve. « Tout ce qui se trouve dans l'étendue de nos États, de quelque nature qu'il soit, nous appartient au même titre. Les rois sont seigneurs absolus, et ont naturellement la disposition pleine et libre de tous ces biens qui sont possédés aussi bien par les gens d'église que par les séculiers pour en user en tout temps ... selon le besoin général de

[1] *Télém.*, X, p. 71. — [2] Journal de Le Dieu. — [3] Passage cité par H. Martin, *Hist. de France*, tome XV, p. 137.

l'Etat[1]. » Quelles devaient être les conséquences de l'opinion qu'avait Louis de ses droits, combinée avec l'opinion qu'il avait de sa personne, sinon de s'adorer lui-même, ou, pour prendre les choses au sens le plus favorable, d'adorer en lui le reflet de Dieu et l'image de la perfection sur la terre? Le roi avait en effet pour lui-même une admiration profonde, et, pour ainsi dire, naïve; on peut lire, dans ses *Mémoires*, le portrait magnifique qu'il fait de sa personne : il se chante à lui même l'hymne de sa propre louange. Il salue en lui le *miracle visible*[2] que proclament sa cour et son siècle. Cet orgueil de Louis XIV, qui traitait toute résistance comme un sacrilége, et qui l'emporta plus d'une fois, malgré le respect qu'il avait de lui-même et le fonds d'honnêteté qu'il conservait, à abuser de son pouvoir royal contre la liberté des citoyens et à frapper ce qui contrariait ses passions, cet orgueil fait ressortir toute la témérité de Fénelon à composer tant de portraits où le roi pouvait facilement se reconnaître.

La dureté, la hauteur, l'injustice, la violence, la mauvaise foi des ministres n'affligeaient pas moins que les faiblesses de Louis XIV l'âme de Fénelon. Il avait vu à l'œuvre le marquis de Louvois, qui ne laissait pas arriver jusqu'à la personne du roi et n'accordait aucune audience que l'on n'eût auparavant concerté avec lui ce que l'on avait à dire à Sa Majesté; qui vendait chèrement les grâces qu'il faisait obtenir. C'était un de ces hommes qui environnent le trône et empêchent la vérité « d'arriver jusqu'à celui qui commande; » qui sont intéressés à le tromper, et, sous une apparence de zèle, cachent leur ambition. Admis dans la familiarité du roi, il avait favorisé ses plaisirs et flatté ses passions; il lui avait bientôt rendu suspect le vicomte de Turenne, si modeste, si noble, si généreux dans toute sa conduite. Ce n'est point se hasarder beaucoup que de croire que l'un soit quelquefois reconnaissable dans Protésilas, ministre artificieux, jaloux et ambitieux, l'autre dans Philoclès, « qui avait la crainte des dieux et l'âme grande, mais modérée; » qui mettait

[1] *Mémoires*, tome II; passage cité par H. Martin, XV, p. 138. — [2] Mot de Pellisson.

son honneur, non à « s'élever, mais à se vaincre et à ne rien faire de bas. »

S'il fallait en croire les notes des éditions étrangères qui parurent du vivant de Louis XIV et quelque temps après sa mort, il y aurait, dans le *Télémaque*, beaucoup d'autres allusions, soit à des contemporains, soit à des cités même et à des nations de l'Europe qui eurent des démêlés avec la France. Ainsi, il faudrait admettre que Pygmalion, qui ne couchait jamais deux nuits de suite dans la même chambre, de peur d'y être égorgé, et n'osait plus chercher aucun des plaisirs de la table, n'est autre que Cromwell[1], qui, cruel et défiant, couchait alternativement dans les appartements du palais de Whitehall, et prenait toutes les précautions possibles pour éviter la prison qu'il redoutait; que Baléazar, réduit à errer, sous un déguisement, loin de sa patrie, et rappelé enfin après la mort de son père, par un ordre de Narbal, qui lui envoie un anneau d'or, n'est autre que Charles II, réfugié en France, puis à Breda, et plus tard invité par Monck à revenir en Angleterre. Mais ces rapprochements nous semblent arbitraires. Ce qui est vrai, c'est que la *coalition contre Idoménée* représente la *ligue d'Augsbourg*; les *tours des montagnes*, les places du Rhin et de Belgique, « les places fortes bâties sur la terre d'autrui; » que les Phéniciens, devenus les maîtres du commerce de toute la terre, et qui « s'enrichissent aux dépens de tous les autres peuples, » représentent les Hollandais, si riches par l'étendue de leur commerce.

Gardons-nous de trop presser le texte du *Télémaque* pour en faire sortir, à chaque pas, des rapprochements qui, pour être spécieux, n'en seraient pas moins inexacts ou faux. Fénelon transportait assurément dans ses descriptions et dans ses tableaux quelques traits des modèles qu'il avait sous les yeux. L'expérience de la vie suggère, à qui l'a bien observée, des réflexions applicables aux hommes du présent comme à ceux du passé. Quoique les vices et les travers, que le génie peint de couleurs naturelles et vraies, se rencontrent dans plusieurs contempo-

[1] Cromwell n'est pas un contemporain de Fénelon, qui avait sept ans quand le protecteur mourut (1658).

rains; que tel soit en proie à l'ambition, tel autre à l'avarice, tel autre au libertinage, il n'en faut pas conclure que le poète ou le moraliste ait copié les modèles qu'il a rencontrés. Le cercle des vices est plus borné qu'on ne le croit. *Vitia erunt, donec homines*[1]. Avant Louis XIV, il y avait eu des rois absolus, trop sensibles aux louanges, trop passionnés pour le luxe, pour la gloire, pour la guerre; avant Louvois, des ministres hautains et sans pitié; avant Turenne, des généraux pleins d'honneur et de patriotisme; avant Charles II, des princes chassés et exilés; avant Cromwell, des tyrans soupçonneux; avant Mme de Montespan, des femmes artificieuses et jalouses :

Nec sola comptos arsit adulteri
Crines et aurum vestibus illitum
Mirata, regalesque cultus,
..... Helene Lacœna[2].

Seulement, comme les vices se transmettent d'âge en âge, de génération en génération, l'histoire du passé paraît être la satire du temps présent.

Le génie de Fénelon, en opposant Philoclès à Protésilas, Antiope à Astarbé, Idoménée à Adraste, a produit des contrastes intéressants, mais n'a pas fait de portraits satiriques. En ne peignant personne « de suite[3], » il a même voulu empêcher l'inévitable fatalité des ressemblances.

Les allusions qu'il s'était réellement proposées étaient celles qui devaient naturellement se présenter à l'esprit du duc de Bourgogne, et qui avaient pour objet de l'éclairer sur les défauts naturels de son caractère. Le disciple, avec sa pénétration d'esprit, se reconnaissait lui-même dans la peinture des imprudences que Mentor reproche si souvent au fils d'Ulysse. « Il naquit terrible, dit Saint-Simon, et, dans sa première jeunesse, fit trembler. Dur, colère jusqu'aux derniers emportements contre les choses inanimées, impétueux avec fureur, incapable de souffrir la moindre résistance, même des heures et des éléments, sans

[1] Tacite, *Hist.*, IV, LXXIV. — [2] Horace, *Odes*, IV, 8, ad Lollium. « Hélène n'est point la seule qui ait brûlé pour les beaux cheveux d'un adultère, admiré ses habits brodés d'or et son luxe royal. » — [3] Mot de Fén. déjà cité.

entrer dans des fougues à faire craindre que tout ne se rompît dans son corps. » Mettons en regard de ce jugement sur le duc de Bourgogne celui de Mentor sur Télémaque. « Il ne fallait jamais rien trouver d'impossible quand il s'agissait de le contenter, et les moindres retardements irritaient son naturel ardent[1]. » Ne s'agit-il pas ici du même caractère, peint en quelques traits par les deux écrivains? Le duc de Bourgogne, revenant à la raison, dès que l'emportement était passé, sentant ses fautes, les avouant, et quelquefois avec tant de dépit » qu'il rappelait la fureur[2], » n'est-ce pas Télémaque, qui, retiré dans sa tente et honteux de sa faute, ne pouvait plus se supporter, qui « était aux prises avec lui-même[3], » et qu'on entendait rugir « comme un lion furieux? » Ecoutons encore Saint-Simon. « De la hauteur des cieux, il ne regardait les hommes que comme des atomes avec qui il n'avait aucune ressemblance, quels qu'ils fussent. A peine les princes, ses frères, lui paraissaient intermédiaires entre lui et le genre humain, quoiqu'on eût toujours affecté de les élever tous trois dans une égalité parfaite[4]... » Combien l'orgueil de Télémaque ne ressemble-t-il pas à celui du jeune duc? Il se regardait comme étant d'une autre nature que « le reste des hommes; les autres ne lui semblaient mis sur la terre par les dieux que pour lui plaire, pour le servir, pour prévenir tous ses désirs, et pour rapporter tout à lui comme à une divinité[5]. » Pénélope, qui avait nourri, malgré Mentor, son fils dans une hauteur et une fierté qui ternissait tout ce qu'il y avait de plus aimable en lui[6], » ne représente-t-elle pas la mère même de l'élève de Fénelon?

Il est tel endroit du *Télémaque* qui fait songer à Fénelon lui-même; son besoin de diriger, sa disposition naturelle à conseiller et à dire la vérité se reconnaissent dans le goût de Mentor pour les remontrances. « Je sais bien, dit Fénelon, dans la lettre à Louis XIV, que quand on parle avec cette liberté chrétienne, on court risque de perdre la faveur des rois; mais cette faveur est-

[1] *Télemaque*, XIII, p. 95. — [2] Saint-Simon, vol. VIII, p. 206. — [3] *Télémaque*, XIII, p. 97. — [4] Saint-Simon, t. VIII, p. 206. — [5] *Télémaque*, XIII, p. 95. — [6] *Id.*

elle plus chère que votre salut ? » Mentor tient le même propos à Idoménée. « J'aimerais mieux vous déplaire que de blesser la vérité [1]. » Mentor, qui, pour encourager Télémaque, évite de lui rappeler sévèrement ses torts, et lui parle avec tant de douceur et de bonté, rappelle le prélat qui savait si bien relever l'âme abattue de son élève, lui inspirer une utile confiance en ses propres forces, et adoucir, par les consolations les plus affectueuses, la honte de s'être avili par ses excès. L'empire qu'il avait pris sur le caractère impétueux et irascible du duc de Bourgogne, par un heureux mélange d'indulgence et de fermeté, Mentor l'exerce sur Télémaque, « qui ne connaît que la voix et la main d'un seul homme capable de le dompter [2], » qui, arrêté par un seul regard du vieillard, rappelle aussitôt dans son cœur tous les sentiments de la vertu.

En résumé, Fénelon a semé dans son livre des allusions dont il ne pouvait guère se défendre ; mais jamais il n'a eu l'intention de tourner son élève contre Louis XIV, ni de donner cours à un ressentiment personnel. Si, par un excès de délicatesse à l'égard du roi, il eût gardé le silence sur les défauts qu'il voyait dans ce prince, il eût fait une œuvre incomplète, en cachant au duc de Bourgogne les écueils qui l'attendaient. Si, avec la franchise et l'horreur du mensonge que nous lui connaissons, il a tout dit sur les devoirs de ceux qui gouvernent, il n'a fait qu'obéir à son amour du bien public et au désir, qui l'anima toute sa vie, de contribuer à rendre les peuples bons et heureux.

[1] *Télémaque,* VIII, p. 54. — [2] *Id.,* XIII, p. 95.

VIII.

De l'art du *Télémaque*; de ses parties vieillies, de ses parties durables; façon dont la nature y est rendue.

Bossuet, précepteur du grand Dauphin, fils de Louis XIV, s'était dévoué sans réserve à sa charge. Frappé de l'importance et de l'élévation du but, puisqu'il s'agissait de former un roi, il avait écrit le *Traité de la connaissance de Dieu et de soi-même, la Logique*, le *Discours sur l'histoire universelle*, et la *Politique tirée de l'Ecriture sainte*. Mais ces ouvrages, composés *ad usum Delphini*, étaient trop au-dessus de la portée du prince, qui écoutait sans entendre, regardait sans voir, attendant avec impatience l'âge qui devait le délivrer d'un double joug, le génie de Bossuet et l'austère vertu de Montausier. L'élève de Bossuet n'avait assurément pas d'heureuses dispositions; mais peut-être le précepteur ne s'était-il pas abaissé au niveau de l'intelligence du Dauphin.

Fénelon s'empara plus habilement de l'attention de son élève, en agissant sur son imagination. Pour le pénétrer de ses maximes morales, politiques et sociales, il les enferma dans le cadre d'une ingénieuse fiction, sûr d'intéresser ainsi le duc de Bourgogne, dont il connaissait le goût pour les riantes créations de la mythologie, et qu'il avait plus d'une fois trouvé sensible aux charmes de la poésie. Il l'avait vu saisi de douleur[1], à huit ans, à la vue du péril du petit Joas, et supporter impatiemment que le grand-prêtre cachât son nom et sa naissance. Il l'avait vu pleurer amèrement, en écoutant ces vers :

Ah ! miseram Eurydicen, animâ fugiente vocabat !
Eurydicen toto referebant flumine ripæ[2].

[1] *Lettre à l'Académie*, V, p. 47. — [2] *Géorgiques*, IV, v. 525, 526.

Heureux exemple de ce qu'avait pu, dans un enfant, une profonde sensibilité aidée d'une excellente éducation !

Fénelon avait donc raison de croire que son élève se passionnerait pour la lecture d'un ouvrage tel que le *Télémaque*. Il se fit poète, non pour s'attirer un vain renom, mais afin de rendre aimables à son élève la sagesse, la vertu, la religion. En instituteur prudent, il prit des précautions et des ménagements pour faire entrer, dans une jeune âme, de graves enseignements.

Du reste, en composant son roman, il suivit lui-même son propre goût pour la poésie et pour Homère, qui resta la passion de sa vie. Admirant le beau comme le bien, il « chérissait [1] » les grands poètes. Bossuet, bien qu'il sût l'*Iliade* par cœur, ne pardonnait les fictions que si elles avaient pour but d'exprimer, d'une manière en quelque sorte plus vive, ce qu'on voulait faire entendre [2]. Dans une lettre à son neveu, il appelait le *Télémaque peu sérieux et peu digne d'un prêtre* [3]. Ce qui le scandalisait, c'était Calypso et Eucharis. Ajoutons que son génie était incompatible avec celui de Fénelon.

Bien que le monde ancien ne parût à Fénelon fournir que des dieux qui déshonoraient la divinité, il faisait observer à Lamotte que les Fables, qui ressemblent aux contes des fées, ont je ne sais quel charme pour les hommes les plus sérieux.

Aussi, en empruntant à la poésie grecque son cadre et sa mythologie, tranchait-il à sa façon la fameuse querelle des anciens et des modernes. Perrault prétendait que les modernes étaient supérieurs aux anciens ; et, à l'appui de sa thèse, il relevait dans Homère, dans Pindare, dans les tragiques, en un mot, dans les plus illustres poètes de la Grèce, un certain nombre de passages qu'il ne comprenait pas ou qu'il comprenait mal. Il en voulait surtout à Homère, pour ce qu'il appelait ses bassesses et ses incongruités, pour les épithètes étranges dont il décorait ses dieux et ses héros. Lamotte, se plaçant au même point de vue que Perrault, c'est-à-dire, jugeant de la littérature antique par le goût de son temps, ne pardonnait pas non plus à Homère la religion

[1] Lettre à l'Académie, § 5. — [2] V. lettre à Santeul, 1690. — [3] V. *Hist. de Fénelon*, II, IV, p. 222; *Œuvres de Bossuet*, lettre du 18 mai 1699.

grossière et les mœurs naïves de ses poèmes. Aussi, entreprenait-il d'embellir l'*Iliade* en ajoutant, en retranchant, pour la rendre digne de la délicatesse de ses contemporains. On sourit en lisant la lettre qu'il écrivait à Fénelon, pour lui faire part du succès de sa traduction. A l'en croire, ses admirateurs l'avaient loué de sa fidélité dans ses « mutations » les plus hardies; ils avaient même pris pour fidélité les licences qu'il s'était permises, afin de rendre le poème « agréable » en français.

Du reste, au dix-septième siècle, l'antiquité était peu comprise, même de Boileau, même de Racine. Fénelon seul en avait l'instinct. Il répondait aux attaques de Perrault et de Lamotte contre Homère, en montrant que la littérature change d'aspect suivant les temps et les lieux. Pour lui, Homère manifestait le génie du peuple grec dans ses lois, dans ses mœurs, dans son langage, dans sa science et dans ses arts. La patrie du poète, la religion et le gouvernement de son pays, les mœurs et les habitudes de ses contemporains : telles étaient les influences dont il fallait, selon lui, tenir compte, pour apprécier raisonnablement les créations de l'esprit antique et pour comprendre qu'Homère est inimitable pour la vérité des peintures. Fénelon restait fidèle à cette doctrine, qui est la vraie, en mettant en scène, dans son *Télémaque,* les dieux auxquels croyait la Grèce douze siècles environ avant l'ère chrétienne, et en donnant à ses personnages les mœurs simples et naïves de leur temps.

C'est à son admiration pour les grands écrivains de l'antiquité, Homère, Platon, Sophocle, Virgile, que nous devons la composition souvent si antique de son poème. Combien les souvenirs de la Grèce ne colorent-ils pas sa poétique imagination ! Comme un homme qui subit l'influence du milieu où il vit, de la société qu'il fréquente, et en prend insensiblement l'esprit et le goût, l'âme de Fénelon devint antique par la lecture assidue des anciens. Les pages de son *Télémaque* sont pleines des souvenirs des poètes grecs ; nourri de la poésie homérique, il s'en ressouvient en liberté, et y puise comme à la source; il ressaisit l'antique naturellement et sans effort. Il moissonne, pour en orner son poème, les plus belles fleurs de la Grèce, et atteint à ce qu'elle a de plus sublime et de plus touchant, sans imiter servilement les endroits moins parfaits ou trop éloignés de nos mœurs.

Quand il se souvient, il ne laisse pas d'être créateur et original : il rend siennes les pensées d'autrui par l'expression ; il est de l'école de La Fontaine, qui, épris lui-même, mais d'une toute autre façon, des beautés des anciens, enseigne, dans une épître à Huet, évêque d'Avranches, l'art de les imiter :

> Mon imitation n'est point un esclavage :
> Je ne prends que l'idée, et les tours, et les lois
> Que nos maîtres suivaient eux-mêmes autrefois.
> Si d'ailleurs quelque endroit, plein chez eux d'excellence,
> Peut entrer dans mes vers sans nulle violence,
> Je l'y transporte, et veux qu'il n'ait rien d'affecté,
> Tâchant de rendre mien cet air d'antiquité.

Fénelon, lui aussi, transporte dans son poème, *sans nulle violence,* les endroits les plus irréprochables des anciens; il en choisit les traits les plus heureux, les plus frappants, et se les approprie, en les dégageant de ce qu'ils auraient d'un peu languissant ou de superflu pour un lecteur français. Dans Sophocle, Néoptolème a pris les flèches et l'arc de Philoctète, qui le supplie, dans un langage touchant, de les lui rendre. Fénelon serre davantage, dans sa prose, ce que les vers du poète ont d'un peu abondant, et donne à son style plus d'énergie. « Il m'enlève l'arc » sacré d'Hercule; il veut me traîner dans le camp des Grecs, » pour triompher de moi ; il ne voit pas que c'est triompher d'un » mort, d'une ombre, d'une image vaine, » résume, dans le *Télémaque*, ce passage plus long de Sophocle : « Il a juré de me ra- » mener dans ma patrie, et il me mène à Troie ; après avoir mis » sa main dans la mienne, comme un gage de sa foi, après avoir » reçu mes flèches, armes sacrées d'Hercule, fils de Jupiter, il » veut les étaler aux yeux des Grecs ; il emploie la violence contre » moi, comme pour triompher d'un homme plein de vigueur, et » il ne sait pas qu'il tue un mort, une ombre de fumée, un vain » fantôme[1]. » La narration de Philoctète est le morceau le plus considérable du *Télémaque* où Fénelon suive assez fidèlement

[1] Cf. Sophocle, *Philoctète,* 941-947, p. 89.

un modèle. Ailleurs, il sème à propos des souvenirs, surtout des comparaisons et des images d'Homère et de Virgile, quelquefois d'Horace, rarement d'Ovide, qu'il trouvait trop ingénieux et trop façonné[1].

Il n'y a pas besoin d'être érudit pour sentir ses emprunts ; mais ils sont habilement fondus dans la suite des évènements et des épisodes. Vous chercherez en vain, dans le poème, des sutures. Comme l'*Enéide*, où Virgile met perpétuellement à contribution Eschyle, Sophocle, Pindare, Apollonius de Rhodes, et où il dérobe même des mots, des tours, des portions de vers à Catulle, à Lucrèce, à Ennius, le *Télémaque* semble composé d'un seul souffle, et bien adroit serait celui qui marquerait les endroits où l'auteur a déposé ou repris la plume. Tout y coule de source, comme une rivière dont le cours égal ni ne languit ni ne se précipite.

Nul auteur du dix-septième siècle n'a eu plus souvent que Fénelon l'inspiration grecque. Mais, malgré son cadre, le *Télémaque* n'est guère plus une œuvre antique que le théâtre de Racine, dont les personnages ne sont guère que des Français déguisés : ce qui, par parenthèse, fait leur originalité. Il est facile de s'en convaincre en comparant le Télémaque de l'*Odyssée* à celui de Fénelon, ou encore les descriptions de la nature qui se trouvent dans les deux poèmes.

Le *Télémaque* d'Homère n'est encore qu'un enfant. Dans sa piété filiale, des larmes tombent de ses yeux, quand il entend parler de son père absent[2]. Il donne de sa colère ou de sa douleur les marques les plus naïves, quand il s'est plaint aux grands d'Ithaque de l'abandon où ils le laissent : il jette son sceptre à terre[3] ; quand il a reconnu Ulysse, il l'embrasse en poussant avec lui des gémissements comme l'aigle et l'épervier auxquels les laboureurs ont enlevé leurs petits[4]. Modeste et timide, il craint d'interrompre Ménélas, chez qui l'a conduit Pisistrate. Simple dans ses mœurs, il prépare, avec Ulysse, le repas du soir, en immolant un porc d'un an[5]. Ce qui le préoccupe, en l'absence

[1] V. *Lettre à l'Acad.*, V, p. 53. — [2] *Odyssée*, IV, v. 105. — [3] *Id.*, II, v. 80. — [4] *Id.*, XVI, p. 205. — [5] *Id.*, XVI, v. 455.

d'Ulysse, c'est la conservation de ses troupeaux, de ses domaines, de ses trésors.

Le *Télémaque* de Fénelon a d'autres mœurs, éprouve d'autres sentiments. Il rappelle toujours le duc de Bourgogne. Il a l'orgueil du trône, la dignité et la noblesse qui régnaient à la cour de Versailles. Comme la plupart des héros de Racine, il est amoureux. C'est, sous l'habit grec, un prince moderne, qui est fier du rang où la naissance l'a placé, mais que ramène insensiblement à la modération et à l'humilité le sentiment chrétien, si vif et si général à son époque. Il raisonne avec Mentor sur le gouvernement à la lueur de l'esprit d'un autre âge.

Idoménée est un Louis XIV qui s'adonne trop à la guerre, qui a trop de hauteur, un goût du faste et du luxe, et une passion pour la magnificence des édifices, que l'on a peine à comprendre dans le souverain d'une petite et pauvre contrée, lequel règne au moins mille ans avant Jésus-Christ. Combien les rois de cet âge reculé ont, dans Homère et dans Virgile, des habitudes différentes? Rappelons-nous la pauvreté et la simplicité d'Evandre, *pauperis Evrandi*[1]; les mœurs d'Achille, qui distribue lui-même les morceaux d'une chèvre grasse, πιόνος αἰγὸς[2], à ses convives. Quant aux habitations des héros grecs, elles étaient, sans nul doute, simples comme leur nourriture. Homère, qui parle souvent de celle d'Ulysse à Ithaque, la désigne par les termes de δῶ, δώματα, τέγος, οἶκος, etc., dont le sens répond à ceux de *demeure, toit, foyer*, et non à celui, bien plus moderne, de *palais*.

Antiope est aussi d'un autre siècle. Elle ne méprise point le travail; mais elle n'irait pas elle-même au lavoir, comme Nausicaa, pour y laver elle-même ses ceintures, ses voiles et ses manteaux. Quand elle parle pour modérer la colère d'Idoménée et lui inspirer des sentiments de pitié et de compassion en faveur d'un esclave, ne nous fait-elle pas involontairement songer à la femme que Fénelon instruisait à traiter les domestiques avec douceur et bienveillance, comme des frères en Jésus-Christ?

Fénelon a, comme La Fontaine, comme Mme de Sévigné, l'amour de la campagne. Elevé loin de Paris, où l'homme est si

[1] Virgile, *Enéide*, VIII, v. 339. — [2] *Iliade*, IX, 205, 206.

grand et la nature si petite, plein des souvenirs du Périgord, dont il a chanté les montagnes dans l'ode à l'abbé de Langeron [1], il avait ouvert, avant Rousseau et Bernardin de Saint-Pierre, son cœur à la voix enchanteresse de la nature. Il aime mieux les fleurs d'une prairie, les arbres d'une forêt que ceux des plus somptueux jardins. Les ornements d'une campagne forment, à ses yeux, une image plus riante que toutes les magnificences de l'art. Il n'a pas besoin de marbre ni de dorure pour nous rendre agréable la grotte de Calypso. « Cette grotte était taillée dans le roc, en voûtes pleines de rocailles et de coquilles; elle était tapissée d'une jeune vigne qui étendait ses branches souples également de tous côtés. Les doux zéphirs conservaient en ce lieu, malgré les ardeurs du soleil, une délicieuse fraîcheur; des fontaines, coulant avec un doux murmure sur des prés semés d'amarantes et de violettes, formaient en divers lieux des bains aussi purs que le cristal; mille fleurs naissantes émaillaient les tapis verts dont la grotte était environnée [2], » etc. Quelle grâce dans ce tableau! C'est un paysage charmant, mais le paysage convenu de la pastorale arcadienne. Comme on sent bien, malgré l'amour de Fénelon pour la nature, qu'il a vécu à Versailles! Ce n'est point la Grèce d'Homère qui lui fournit le cadre de sa description. Ces *doux zéphirs*, ces *fontaines*, ces *fleurs naissantes*, ces *orangers*, ces *oiseaux*, ce spectacle varié qui se déroule au pied de la colline : toutes ces beautés naturelles ne sont point particulières à l'île de Calypso. Combien le tableau d'Homère a des traits plus distincts! « Un grand feu brûlait dans le foyer, et par toute l'île s'exhalait le suave parfum du cèdre et du thuya, qui brûlaient fendus en éclats; la déesse, au fond de cette grotte, chantant d'une voix mélodieuse, s'occupait à tisser une toile avec une navette d'or. Tout à l'entour, s'élevait une bois verdoyant d'aunes, de peupliers et de cyprès. Là, les oiseaux venaient faire

[1] *Histoire de Fénelon*, I, p. 63 :

Montagnes, de qui l'audace
Va porter jusques aux cieux
Un front d'éternelle glace...

[2] *Télémaque*, I, p. 2.

leurs nids, les scops, les éperviers et les corneilles marines à la voix perçante, qui se plaisent aux travaux de la mer. » Fénelon, qui subit l'influence du goût difficile et délicat de la cour de Louis XIV, eût craint de parler de ce *parfum de cèdre* et *de thuya*, de *cette navette* dont Calypso tisse sa toile, de ces *aunes* et de ces *cyprès*, de ces *éperviers* et de ces *corneilles ;* en omettant ces détails descriptifs, il sacrifie à son temps.

La Grèce d'Homère a un caractère qui lui est propre. Le poète la décrit telle qu'il la voit, qu'il la connaît, avec ses rochers, ses forêts, ses pâturages, ses troupeaux ; avec ses usages et ses mœurs simples et quelquefois grossières ; avec sa religion et son culte ; avec les joies et les deuils, les vertus et les passions de ses habitants. Mais Fénelon imagine une Grèce idéale, où l'homme foule sans cesse un sol hospitalier et contemple au ciel riant ; où il trouve le bonheur et la paix en labourant son modeste domaine ou en faisant paître son troupeau ; où il a l'amour de la vertu, le respect et la crainte des dieux ; où il ne connaît plus les horreurs de la guerre. Aussi, la Grèce de Fénelon est une Grèce pastorale, tout arcadienne, si je puis dire, avec des reflets de lumière élyséenne, et qui n'a jamais existé que dans l'âme du précepteur du duc de Bourgogne.

Ces comparaisons montrent, avec la dernière évidence, que l'œuvre de Fénelon, tout en étant une réaction contre Versailles, porte de la manière la plus complète la marque du dix-septième siècle. C'est une composition comme celles de Corneille et de Racine, qui créaient des drames mixtes entre les modèles classiques, qu'ils imitaient, et la société de leur époque, dont l'esprit les animait. C'est l'originalité du *Télémaque* d'être, sous des noms antiques, un poème tout moderne.

Ce qui intéresse surtout dans ce livre, ce n'est pas l'action, ni la conduite du poème, ni même les caractères : ce sont les maximes de gouvernement qui y sont semées, ce sont les questions sociales qui y sont soulevées ; c'est l'image de la cour de Versailles. Les personnages de Fénelon ne sont pas toujours attachants.

La Sophie de Rousseau, pressée par sa mère d'avouer pourquoi, dédaignant les jeunes gens dont on voudrait qu'elle s'accommodât, elle cherche un modèle vertueux et charmant, sort sans rien dire et rentre un moment après, un livre à la main. « Plaignez votre malheureuse fille, dit-elle; sa tristesse est sans remède, ses pleurs ne peuvent tarir. Vous en voulez savoir la cause : eh bien ! la voilà[1], » et elle jette un livre sur la table. La mère prend le livre : c'était les *Aventures de Télémaque!* — Que conclure de ce récit de Jean-Jacques. Que la beauté, sans doute, la noblesse, la franchise de Télémaque, sa naïveté et sa hauteur, sa force et sa soumission, composaient, aux yeux de ce grand maître dans l'art de peindre et de toucher, le type le plus aimable et le plus digne d'une première inclination? Oui; néanmoins Télémaque ne manque-il pas un peu de vie? Il a trop l'air d'être tenu par les lisières. Les héros secondaires ont toutefois moins de relief que Télémaque, si l'on excepte Protésilas et Philoclès, qui, après Calypso et Eucharis, sont les deux personnages les plus vivants de l'ouvrage, parce que Fénelon a peint dans l'un Louvois, qu'il avait vu à l'œuvre, dans l'autre Turenne, et peut-être lui-même. On sent bien que Bocchoris, Hippias, Pygmalion, etc., viennent chacun à leur tour donner une leçon de quelque chose. Adraste rappelle le Mézence de Virgile par son impiété, sa barbarie, son mépris des dieux; mais Mézence n'est point un scélérat tout d'une pièce, à ressort, comme Adraste; il tient par quelque chose à l'humanité, et, par là, intéresse : il aime son fils Lausus et son vieux cheval[2]. Adraste ne paraît pas avoir de vrai sang dans les veines.

Fénelon excelle dans les tableaux de pastorales dignes de celles de l'*Astrée*. Soit qu'il décrive la félicité des bergers instruits par Apollon, ou le bonheur de la vie champêtre, son style acquiert plus de douceur et de mélodie; sa plume est plus légère encore que de coutume; il nous berce, pour ainsi dire, aux sons d'une musique harmonieuse et charmante; il nous fait sentir qu'il n'est pas étranger à la joie et au bonheur de ceux qui

[1] *Emile,* IV, p. 100 et 101.

[2] Haud dejectus, equum ducis jubet : hoc decus illi
Hoc solamen erat; bellis hoc victor abibat
Omnibus. (*Enéide,* X, v. 858, 859, 860.)

habitent les lieux rêvés par sa riante imagination. « Bientôt les bergers, avec leurs flûtes, se virent plus heureux que les rois, et leurs cabanes attiraient en foule les plaisirs purs, qui fuient les palais dorés ; les jeux, les ris, les grâces suivaient partout les innocentes bergères. Tous les jours étaient des jours de fêtes. On n'entendait plus que le gazouillement des oiseaux ou la douce haleine des zéphirs qui se jouaient dans les rameaux des arbres, ou le murmure d'une onde claire qui tombait de quelque rocher, ou les chansons que les muses inspiraient aux bergers[1]. » Et ailleurs : « Cependant la mère de toute la famille prépare un repas simple à son époux et à ses chers enfants, qui doivent revenir fatigués du travail de la journée ; elle a soin de traire ses vaches et ses brebis, et on voit couler des ruisseaux de lait ; elle fait un grand feu, autour duquel toute la famille innocente et paisible prend plaisir à chanter tout le soir, en attendant le doux sommeil ; elle prépare des fromages, des châtaignes et des fruits conservés dans la même fraîcheur que si on venait de les cueillir. Le berger revient avec sa flûte, et chante à la famille assemblée les nouvelles chansons qu'il a apprises dans les hameaux voisins[2], » etc. Quel charme ne répand point Fénelon dans ces tableaux, si fréquents dans le *Télémaque?* N'y a-t-il pas le don de nous enchanter et de nous transporter à l'époque de l'âge d'or ?

Après avoir montré les qualités du *Télémaque,* il nous reste à dire que c'est le défaut de ce livre, comme œuvre d'art, que les leçons morales s'y étalent beaucoup trop. On y est sans cesse en face d'un maître et de son élève. Mentor, ou un autre personnage, comme Narbal ou Adoam, cherchent toujours, dans les évènements, l'occasion de donner un enseignement. De même, dans la *Cyropédie*. Un exemple entre tant d'autres. Araspe, un courtisan, est chargé de garder une femme d'une beauté remarquable, Panthée, reine de la Suziane, prise dans le camp du roi d'Assyrie, dont Cyrus vient de s'emparer ; il la voit, il l'aime, malgré l'assurance qu'il avait de ne pas céder à l'empire de l'amour, et Cyrus, averti par Panthée, demande à Araspe ce

[1] *Télémaque,* II, p. 10. — [2] *Id.,* XII, p. 314.

qu'est devenue la fermeté d'âme dont il se vantait auparavant; il saisit l'occasion de faire un discours à la fois piquant et indulgent, et de donner une bonne leçon de morale au sujet de l'amour[1]. Combien de fois Mentor ne revient-il pas sur les avantages de la paix, sur les agréments de la vie champêtre, sur les maux de la guerre, et sur les dangers de l'ambition et de la complaisance à écouter la flatterie! Il est vrai que c'est un vieillard, comme le Nestor d'Homère, et que son âge sert, jusqu'à un certain point, d'excuse à ses longs discours et à son goût de moraliser.

On peut se demander pourquoi Fénelon n'a pas écrit en vers le *Télémaque*, dont le fond est si souvent poétique. « Telle idée, exprimée en prose, éveille à peine l'attention et ne fait presque aucune impression; aidée par le rhythme, resserrée dans les limites de la mesure, cette pensée déjà heureuse devient comme le trait pénétrant que lance une main puissante[2]. » A supposer que le vers lui eût paru plus propre à inculquer, dans l'âme de son élève, ses enseignements, il eût sans doute renoncé à l'employer, si l'on songe aux sentiments qu'il a plus d'une fois exprimés sur la versification française, dans sa *Lettre* à l'Académie et dans sa correspondance avec Lamotte, sur Homère et sur les anciens. La perfection lui en paraissait presque impossible; la rime lui faisait peur. Ainsi, ce génie, qui comprenait si bien le fond de la poésie, en appréciait peu la forme nécessaire. Il déplaça les bornes des arts, et donna peut-être un signal de décadence par un chef-d'œuvre.

Ce qui frappe le plus dans la prose de cette œuvre, comme dans presque tout ce qu'a écrit Fénelon, ce sont ces fleurs de diction, ces vives et gracieuses images, qui font, pour ainsi dire, sa langue naturelle. Il n'y emploie pas trop le coloris poétique; son style y est partout d'une singulière simplicité, excepté dans quelques morceaux pompeux, comme la description du char d'Amphitrite. Comme c'est son âme qui s'épanche sous sa plume, il joint, par une sorte d'effusion spontanée, le sentiment à la pensée. Pour nous tenir sous le charme de son style, il n'a eu qu'à

[1] *Cyropédie*, V, VI, passim. — [2] Sénèque, *Lettre* 108, tome I, p. 160.

écrire comme il parlait, doué qu'il était « d'une éloquence fleurie, douce, d'une politesse insinuante, mais noble et proportionnée; d'une élocution facile, nette, agréable, embellie de cette clarté nécessaire pour se faire entendre dans les matières les plus embarrassées et les plus abstraites; avec cela, un homme qui ne voulait jamais avoir plus d'esprit que ceux à qui il parlait, qui se mettait à la portée de chacun, sans jamais le faire sentir, qui les mettait à l'aise et qui semblait enchanter, de façon qu'on ne pouvait ni le quitter, ni s'en défendre, ni ne pas chercher à le retrouver [1]. »

En effet, en lisant *Télémaque,* nous croyons fort souvent assister à une conversation de Fénelon avec un ami; mais comme toutes ses conversations avaient je ne sais quelle négligence et quel abandon, nous retrouvons souvent l'un et l'autre dans l'ouvrage. Son défaut, c'est d'improviser toujours. De là, de la mollesse et du laisser-aller. Aussi, Voltaire, s'adressant à Fénelon, lui a-t-il dit, quoique avec un peu de sévérité :

J'admire fort votre style flatteur,
Et votre prose, encor qu'un peu traînante [2].

Ce jugement permet de voir ce qu'on peut reprocher au style de Fénelon; mais Bossuet était injuste, en l'appelant « plat, efféminé et poétique, et outré dans les peintures. »

Ce n'est pas que ce style manque toujours de solidité et de force. Combien, quand il peint les tourments des coupables aux Enfers, ne répond-il pas à la pensée? Jamais peut-être il n'a eu plus d'énergie. Là, chaque expression est comme un trait qui entre jusqu'au cœur!

Nous reconnaissons, dans les défauts et dans les mérites du style du *Télémaque,* la pratique de ce que Fénelon recommande en particulier pour la chaire : l'improvisation après la réflexion, et il offre les avantages et les inconvénients de cette méthode. Il parle, dans le *Télémaque,* avec ordre, avec abondance; il y est naturel et point déclamateur; mais, comme l'orateur qu'il peint, il perd un peu d'ornement, il fait « quelque petite répétition; » dans son discours se rencontre « quelque chose d'irrégulier [3], »

[1] Saint-Simon, XI, 28, à la fin, p. 438.— [2] *Le Mondain.*— [3] V. *Dial. sur l'éloq.*

de faible ou de mal placé, qui lui échappe dans la chaleur de la composition. Mais pensons comme lui, et ne croyons pas que ces fautes-là soient graves. « Il n'y a que les gens qui ne sont pas propres à discerner les grandes choses qui s'amusent à celles-là. » Nul, en définitive, n'a eu, plus que lui, le don de charmer. C'est un enchanteur, dans le meilleur sens du mot.

Nous venons de relire *Télémaque*. Nous y avons remarqué l'heureux choix du sujet, l'art de Fénelon à fondre dans le poème et à s'assimiler beaucoup de richesses étrangères ; la manière dont il ordonne et ménage la suite des évènements et des épisodes, la gradation qu'il observe dans son récit, en passant peu à peu des fictions les plus agréables à l'expression des conseils de morale et de politique ; son goût pour le beau simple et sa peinture naïve des sentiments du cœur humain ; enfin l'enchantement qu'il sait répandre dans ses tableaux champêtres. Toutefois, des deux parties qui composent le *Télémaque,* la première, c'est-à-dire la Fable ou les Aventures, n'a qu'une importance secondaire, bien que Fénelon s'y montre sous un de ses côtés les plus expressifs. En corrigeant les dieux du paganisme, il leur ôte la vie et le mouvement qu'ils ont dans Homère ; ses personnages sont d'assez pâles fantômes et manquent de vérité ; le tableau de la passion ne laisse pas de nous étonner sous sa main, bien que, nous faisant peut-être une confidence involontaire dans la description des combats que Télémaque soutient contre l'amour, il en exprime les désordres, les troubles et les dégoûts bien plus que l'attrait ; il y a, dans ses leçons de morale, un peu de négligence. Ces défauts du *Télémaque,* en tant qu'œuvre d'art, n'étaient peut-être pas sensibles au jeune duc de Bourgogne. Mais nous, que ne touchent plus, autant que le duc de Bourgogne, la mythologie et les aventures de cet ouvrage, nous y cherchons la peinture des plus beaux rêves qui aient jamais consolé l'humanité aux prises avec les platitudes et les laideurs de la réalité ; nous y cherchons la cour de Louis XIV, et surtout les maximes de religion, de morale, de gouvernement et d'économie politique qui en forment le véritable fond.

IX.

CONCLUSION.

C'est dans cette œuvre charmante et étrange que Fénelon s'est le plus complètement exprimé, avec ses qualités comme avec ses défauts. Nous y trouvons réunis tous les traits de son caractère. Si l'histoire ne nous eût transmis aucun renseignement sur sa vie, et que nos pères ne nous eussent légué de lui que ce poème, nous n'en serions pas moins instruits de son génie, de ses vertus, de ses rêves.

Fénelon se montre d'abord, dans le *Télémaque*, avec son double amour pour le christianisme et pour l'antiquité ; il y tente de les concilier par une haute philosophie, qui est, d'ailleurs, la marque commune des œuvres du dix-septième siècle.

Nous le voyons, dans ce livre, enseigner la morale qu'il suivit toute sa vie, en travaillant au bonheur des hommes ; en aimant et en pratiquant avec un zèle constant, que ravivèrent encore ses malheurs, le désintéressement, la justice, la charité, la patience, la douceur, la libéralité, l'humanité, la tempérance, la modestie, en un mot, toutes les vertus chrétiennes ; nous l'y voyons avec sa foi profonde, qui le remplissait de l'espérance d'un monde meilleur, après lequel il soupirait, et dont la vue lui rendait si facile l'accomplissement de ses devoirs d'homme et d'évêque.

Ces vertus, dont il fut le glorieux modèle, il eût donné sa vie pour en assurer le règne parmi les hommes. Comptant beaucoup, pour rendre les peuples bons et heureux, sur l'influence et les exemples de ceux qui gouvernent, il s'appliqua à réaliser, dans le duc de Bourgogne, ce qu'il croyait l'idéal du prince : le prince pieux, appliqué, ferme, doux, toujours prêt à tout sacrifier et à tout souffrir pour la félicité de tous.

Fénelon, homme politique, apparaît dans le *Télémaque*, toujours animé du sentiment qui lui inspira la maxime : « que les rois sont faits pour les peuples, et non les peuples pour les rois. » Il y combat l'amour de la guerre et le pouvoir absolu ; il y désire un contrepoids à la royauté.

En imaginant la constitution sociale de Salente, il obéissait à son amour de l'ordre, à son horreur du faste et du luxe, à son goût pour une sobriété et une modération incompatibles avec les mœurs de son époque, en un mot, à son esprit d'utopie. Il est vrai qu'en bannissant de son État les coutumes qui lui paraissaient de nature à corrompre la nation, il appela fortement l'attention publique sur la solution de graves problèmes, et achemina la France à des conquêtes durables.

Le *Télémaque* révèle, dans Fénelon, le « grand seigneur » attaché aux priviléges de la noblesse, quand il divise en classes les citoyens de sa cité, et qu'il réserve à la naissance le premier rang.

Fénelon, défenseur de l'amour désintéressé, ne se retrouve-t-il pas encore dans son œuvre, quand il donne le *pur amour* comme récompense aux justes des Champs-Elysées?

Fénelon, désireux de gouverner, et absolu dans ses idées, n'est-ce pas Mentor qui donne aux Crétois le roi selon son cœur; qui gourmande avec hardiesse Idoménée, le force, pour ainsi dire, à renvoyer Protésilas, et lui fait accepter, pour son petit royaume, des réformes si contraires à son premier système de gouvernement?

Veut-on chercher, dans le *Télémaque*, Fénelon, si habile dans l'art de nourrir et de diriger l'esprit de l'enfance, par un mélange exquis de tendresse et de force, d'énergie et de grâce? On l'y verra dans Mentor, qui jamais ne rebute Télémaque par des réprimandes trop sévères, mais l'encourage et l'amène tout doucement à comprendre les causes et les suites de ses erreurs, et à les éviter; qui, dans un cas grave, prend une résolution forte et solennelle, en se précipitant avec le fils d'Ulysse dans la mer pour l'arracher à sa passion.

En un mot, une étude sur le *Télémaque* est une étude de l'esprit et du cœur de Fénelon.

En parlant, après tant d'autres, de cet ouvrage, avons-nous réussi à apporter quelque chose de nouveau sur la matière que nous avons traitée? On nous saura peut-être gré d'avoir amené, dans des contrastes neufs, soit les auteurs antiques que Fénelon se plaisait à fréquenter, soit les chimères, dont sa belle âme rêveuse et amoureuse de l'âge d'or aimait à se repaître, soit les idées politiques et sociales qui fermentaient autour de lui: les idées des Vauban, des Boulainvilliers, des abbé de Saint-Pierre, des Saint-Simon, qui se concentraient autour du duc de Bourgogne, ce roi de l'avenir, et qui, ou précurseurs des idées nouvelles, ou partisans des idées anciennes, s'accordaient à rétablir, dans le gouvernement, des principes de liberté.

APPENDICE.

BIBLIOGRAPHIE DU *TÉLÉMAQUE*.

I. Des manuscrits. — II. Des éditions authentiques publiées depuis la mort de Fénelon. — III. Des imitations.

I. *Des manuscrits.*

Le manuscrit autographe du *Télémaque,* qui est à la Bibliothèque nationale, se compose de quatre cent cinquante-trois feuillets de papier à lettre in-4°, de deux grandeurs différentes. Le plus court finit au feuillet 229, par ces mots du livre XIII, vers le milieu, *qui s'est livré à eux pour toutes ses affaires.* Ce manuscrit est écrit sans division des livres. Il y a un grand nombre de ratures et de surcharges entre les lignes, et sur la marge beaucoup d'additions, qui la couvrent quelquefois entièrement. Aussi Voltaire s'est-il grossièrement écarté de la vérité, en écrivant, dans le *Siècle de Louis XIV,* à propos de Fénelon : « J'ai vu son manuscrit original ; il n'y a pas dix ratures[1]. »

Ne pouvant plus rien écrire ni corriger sur ce manuscrit, dans l'état où il est, Fénelon en fit prendre une copie, d'une écriture fort nette, et qui, soustraite pendant la Révolution, fut acquise par la Bibliothèque nationale. Le copiste, qui n'avait aucune teinture de grammaire, a fait des fautes qu'on a peine à comprendre. Ainsi, il a écrit *présente* pour *persécute; farces* pour *faons,* etc. En outre, il a omis des mots, et même des lignes entières; aussi l'auteur, pour rétablir le sens, était-il obligé de faire beaucoup de corrections, qui, quelquefois, donnent une leçon moins bonne que sa première composition.

Fénelon a fait encore, sur cette copie, beaucoup de changements et de courtes additions, pour perfectionner son ouvrage. Remarquons surtout les additions suivantes : 1° au livre XVII,

[1] Ch. XXXII, p. 128 du tome III.

dans la description des armes de Télémaque, la dispute entre Neptune et Pallas, que l'auteur a substituée à l'histoire d'Œdipe; 2° au livre XXIII, la réponse de Mentor à diverses questions d'Idoménée sur la religion et sur la politique, avec la description d'une partie de chasse. La dernière, au milieu du dernier livre, est le récit fabuleux qu'un vieillard Phéacien fait à Télémaque au sujet d'Ulysse.

Cette première copie, aussi bien que le manuscrit autographe, a été faite sans aucune division; mais l'auteur, dans la suite, partagea l'ouvrage en dix-huit livres, et écrivit de sa main, sur cette copie, les titres de chacun d'eux. Cette copie, que n'a point connu la cardinal de Beausset, puisqu'elle n'était pas encore à la Bibliothèque nationale quand il écrivit l'*Histoire de Fénelon*, cette copie a six cent trois pages, sans y comprendre les trois additions mentionnées ci-dessus. Elle est sur un papier un peu plus grand que celui de l'original.

Pendant que Fénelon faisait tirer cette copie, on en tira une autre à la dérobée pour la publier. Les éditions qui ont paru de 1699 à 1715 contiennent un petit nombre de corrections ajoutées sur cette première copie, et qu'on ne trouve plus dans l'autographe.

Quant l'auteur eut entièrement revu cette copie, il voulut avoir l'ouvrage mis au net, et il fit alors exécuter une seconde copie à pages pleines. Elle est de deux mains différentes. Bien que les deux copistes eussent compris ce qu'ils écrivaient, ils ont cependant omis tantôt des mots, tantôt des lignes entières, tantôt renversé l'ordre des périodes, et quelquefois substitué des termes à peu près équivalents. Ce manuscrit est sur papier grand in-4°, d'un format un peu plus grand que les deux autres, et contient cinq cent soixante-dix-sept pages.

L'autographe et la première copie n'ont point de titre; mais on lit en tête de la seconde copie : *Les Avantures de Télémaque.* Cette copie a été revue par l'auteur, qui, outre plus de trente corrections de sa main, soit à la plume, soit au crayon, y a fait une addition de huit pages au livre XII. C'est le dernier de tous les morceaux qu'il a ajoutés au *Télémaque.* Il y défend Idoménée, et, en sa personne, les rois. Quand le manuscrit autographe fut donné à la Bibliothèque du roi, la famille de Fénelon y joignit ce morceau.

Il n'a jamais existé (malgré l'assertion du cardinal Maury[1], qui dit avoir vu *sept manuscrits* du *Télémaque*), que les trois dont nous venons de parler. La comparaison de la dernière copie avec l'édition du *Télémaque* de 1717, démontre qu'on l'a suivie en tout point. On peut croire qu'il y a eu d'autres copies furtives, car l'ouvrage circulait en manuscrit dès le mois d'octobre 1698, comme le rapporte l'abbé Le Dieu, secrétaire de Bossuet ; mais ces copies n'ont aucune autorité.

II. *Des éditions authentiques.*

Après la mort de Louis XIV, la famille de Fénelon put donner une édition du *Télémaque*, et le marquis de Fénelon, petit-neveu de l'archevêque, en fit paraître, d'après le manuscrit original, deux à la fois, chez Jacques Etienne, à Paris, chacune en deux volumes in-12 ; 1717. On mit à la tête une dissertation sur la poésie épique, par Ramsay. Il y a, dans l'une et dans l'autre, des mots passés, des lignes omises ; il semble que le manuscrit dont l'*Avertissement* fait mention, et qui est la seconde copie déjà décrite, n'ait pas été exactement suivi.

Cette édition servit de modèle à toutes celles qu'on a données depuis, et parmi lesquelles nous indiquerons :

1° Celle que donna le marquis de Fénelon, pour satisfaire les amateurs du luxe typographique, et qui parut en 1734, à Amsterdam, chez Wetstein et Smith, en un volume in-folio. On l'imprima en même temps in-4°. Le texte fut revu sur les manuscrits, et on en fit disparaître une partie des fautes qui y étaient restées en 1717.

2° Celles d'Amsterdam, Wetstein, 1719 ou 1725, avec des notes allégoriques et satiriques de H.-Ph. de Limiers, formant une prétendue clef de l'ouvrage.

3° Celle de David Durand, avec les imitations des anciens, fournies par J.-A. Fabricius, la Vie de l'auteur, et un petit Dictionnaire mythologique et géographique, Hambourg, 1731 ou 1732, in-12; réimprimée à Londres en 1745.

4° Les éditions imprimées chez Didot, dès 1781. Elles furent collationnées sur les trois manuscrits décrits ci-dessus. Cependant, tout en corrigeant une multitude de fautes qu'avaient laissées

[1] Note 4 à la suite de son *Eloge de Fénelon*.

dans le texte les éditeurs de 1717 et de 1734, on s'est permis de changer plusieurs locutions autorisées par l'usage du temps où l'auteur écrivait, sous le prétexte qu'on ne les trouvait pas strictement conformes aux règles actuelles de la grammaire.

5° L'édition avec variantes, notes critiques et l'histoire des diverses éditions de ce livre, par Bosquillon, Paris, Th. Barrois, an VII, 1799, 2 vol. in-18.

6° L'édition donnée par Adry, ancien oratorien, avec les principales variantes, et une liste raisonnée des éditions, 1811, 2 vol. in-8° ; l'éditeur a corrigé le texte d'après un travail qu'il a fait, soit sur les manuscrits, soit sur les meilleures éditions. Il ne s'est pas contenté d'indiquer les principales éditions du *Télémaque ;* il mentionne aussi chronologiquement les critiques, satires, apologies, parodies, traductions, imitations qu'on en a faites; il indique même les pièces de théâtre dont ce livre a fourni le sujet. Son travail est, du reste, plein d'erreurs.

7° L'édition de Parme, Bodoni, 1812, 2 vol. in-folio, imprimée par ordre du roi de Naples, pour l'éducation de son fils aîné ; on a suivi le texte d'Adry.

8° Celle de Lyon, 1815, 3 vol. in-8°. On y a reproduit la préface de Saint-Remy, le traité de Ramsay, les notes de David Durand et de Fabricius, celles de Limiers et les variantes ; l'éditeur y a joint son travail particulier, indiquant les imitations de l'Ecriture sainte; on a ajouté la traduction des livres V-X et le précis des autres livres de l'*Odyssée,* par Fénelon, qui n'avaient jamais été imprimées que dans les œuvres de l'auteur. Enfin, on y donne le catalogue de tous les ouvrages de l'archevêque de Cambrai.

9° L'édition de Lequien, libraire à Paris, 1820, 2 vol. in-8°, la première qu'on puisse dire généralement conforme au texte original.

10° L'édition remarquable de Lefèvre, 1824, 2 vol. grand in-8°, accompagnée de notes géographiques et littéraires, par M. Boissonade, littérateur distingué et savant helléniste (collection des classiques français).

11° Enfin, l'édition de Versailles, 1840, chez Lebel. M***[1], directeur au séminaire de Saint-Sulpice, est remonté à la source des diverses leçons des différentes éditions, pour reconnaître l'origine des fautes qui s'y sont glissées. Il a rétabli le *Télémaque* tel que

[1] *Recherches bibliographiques sur le Télémaque*, par M***.

l'auteur l'a laissé. Il a adopté la division en dix-huit livres, au lieu de celle en vingt-quatre livres, qui était en usage depuis 1717. On a vu que l'original n'a aucune division. On dit, dans l'*Avertissement* mis en tête de l'édition de 1717, que Fénelon *l'avait partagé en vingt-quatre livres, à l'imitation de l'Iliade.* Mais M*** croit que c'était plutôt un projet de division qu'une division tout-à-fait arrêtée; car elle a, selon lui, été indiquée après coup par de simples crochets. La première copie a été divisée en dix-huit livres par Fénelon lui-même; et on s'aperçoit qu'il n'a pas fait cette division à la légère, puisque plusieurs fois il a effacé l'indication du commencement d'un livre, pour l'écrire tantôt avant, tantôt après l'endroit où il l'avait d'abord fixée. Cette même division a été conservée dans la seconde copie revue par Fénelon. L'édition de Didot, 1861, est aussi divisée en dix-huit livres. C'est cette dernière que nous avons suivie dans notre travail.

III. *Des imitations.*

Beaucoup d'ouvrages ont été composés à l'instar du *Télémaque.* En 1703, Lesconvel donna les *Voyage de l'île de Naudely, ou l'Idée d'un règne heureux,* réimprimé en 1705. *Les Aventures de Néoptolème, fils d'Achille, propres à former les mœurs d'un jeune prince,* par Chansierge, parurent en 1718, in-12. Quesné a fait imprimer *Busiris, ou le Nouveau Télémaque*, 1802, 2 vol. in-12, réimprimé en 1809, 2 vol. in-12.

On doit à un anonyme, qu'on croit être un Pankoucke, *Mentor à Tyrinthe, narration instructive, critique et morale, sur les évènements, l'existence naturelle, l'esprit et la politique des Tyrinthiens*, 1802, 2 vol. in-8°, ouvrage rare, qui fut supprimé avec la plus grande rigueur. C'est une satire allégorique de la Révolution française, et surtout du gouvernement consulaire. L'auteur a cela de commun avec celui du *Télémaque,* que tous deux ont censuré les travers de leurs contemporains; mais il y a une immense différence, pour le style et le talent, entre les deux ouvrages.

Chambert, Florian, Jonquières, Marmontel, Pechméja, Pernety, Ramsay, Terrasson, ont aussi fait des imitations du *Télémaque.*

LISTE DES OUVRAGES CITÉS.

AUTEURS.	TITRES DES OUVRAGES.	ÉDITEURS.	VILLES.	Ann.
Dante.	*La Divine Comédie,* traduction par le chevalier Artaud de MONTOR, in-8°.	Didot.	Paris.	1866
Divers auteurs.	*Biographie universelle,* ancienne et moderne, t. XIV.	Michaud.	Id.	1815
De Beausset.	*Histoire de Fénelon,* 2e édition, in-8°, 3 volumes.	Giguet et Michaud.	Id.	1809
Bossuet.	*Œuvres,* tome I, in-4°.	Didot frères.	Id.	1841
Boulainvilliers.	*Essais sur la noblesse de France,* in-12.		Amsterdam.	1732
Fénelon.	*Œuvres,* 3 volumes in-4°.	Didot.	Paris.	1861
—	*Lettre à l'Académie.*	Dezobry.	Id.	?
Homère.	*Homeri Odyssea,* in-12.	Holtze.	Leipzig.	1867
Id.	— *Ilias,* id.	Id.	Id.	1868
Horace.	*Œuvres,* annotées par M. MATERNE, in-8°.	Garnier.	Paris.	1873
La Harpe.	*Éloge de Fénelon* (Œuvres de Fénelon), v. X, in-8°.	Tenré.	Id.	1822
Lucrèce.	*Œuvres,* traduites par LAGRANGE, in-8°.	Garnier.	Id.	1863
H. Martin.	*Histoire de France,* 19 vol. in-8°.	Furne.	Id.	1847
Massillon.	*Petit Carême,* coll. par M. DESCHANEL, in-12.	Dezobry.	Id.	?
Louis Paris.	*Le Cabinet historique,* 20e année, 10e, 11e, 12e livraisons, gr. in-8°.		Id.	1874
Platon.	*Œuvres,* trad. par V. COUSIN, in-8°.	Rey et Gravier	Id.	1831-33
Rousseau.	*Émile,* de la Bibliothèque nationale, in-12.		Id.	1869
Racine.	*Théâtre,* annoté par F. LEMAISTRE, in-12.	Garnier.	Id.	?
Saint-Simon.	*Mémoires,* coll. par M. CHÉRUEL, in-8°.	Hachette.	Id.	1856
Saint Thomas.	*Opuscula omnia,* vigilantia R. P. F. PELLICAN impressa, in-folio.		Id.	1660
Ramsay.	*Essais sur le gouvernement civil,* dans le IIIe tome des *Œuvres* de Fénelon, in-4°.	Didot.	Id.	1861
Sophocle.	*Philoctète,* par M. BERGER, in-8°.	Dezobry.	Id.	1853
Sénèque.	*Epistolæ,* 2 vol. in-12.	Tauchnitz.	Lipsiæ.	1832
Voltaire.	*Siècle de Louis XIV.*	Hachette.	Paris.	1875
Virgile.	*Énéide,* par E. BENOIST, in-12.	Id.	Id.	1873
Vauban.	*Projet d'une dixme royale,* in-12.	?	?	1708
Boulainvilliers.	*Mémoires* présentés à M. le duc d'Orléans, in-12, tome I.	?	La Haye.	1727
Tacite.	*Annales,* par M. NAUDET, in-8°.	Dezobry.	Paris.	?
—	*Agricola,* in-12.	Holtze.	Leipzig.	1869
Boileau.	*Œuvres,* tome IV.	Blaise.	Paris.	1821
M***.	*Recherches bibliographiques sur le* TÉLÉMAQUE, par M***, directeur au séminaire St-Sulpice, in-8°.	Périsse frères.	Paris-Lyon.	1840
La Bruyère.	*Caractères,* avec Notice, par DUSSAULT, in-8°.	Abel Ledoux.	Paris.	1836

FIN.

PERMIS D'IMPRIMER.

Le Doyen de la Faculté des Lettres de Dijon,

L. BENLOEW.

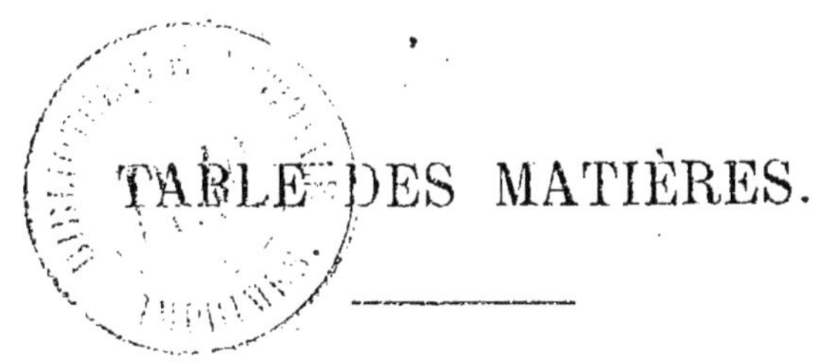

TABLE DES MATIÈRES.

FIN DE LA TABLE.

BESANÇON, IMPRIMERIE DE J. BONVALOT.

www.ingramcontent.com/pod-product-compliance
Ingram Content Group UK Ltd.
Pitfield, Milton Keynes, MK11 3LW, UK
UKHW012041240726
13965UKWH00003B/961